婚約破棄から始まる
ふたりの恋愛事情

Hoshino & Tukito

葉嶋ナノハ

Nanoha Hashima

Eternity

EB

エタニティ文庫

目次

婚約破棄から始まるふたりの恋愛事情

パフェグラスの内側に、輪切りの真っ赤な苺《いちご》とふわふわの白い生クリームが交互に並んでいる。てっぺんには、まん丸いバニラアイスと飾りのミント。その葉をつまんで受け皿に載せた。舌触りのよい生クリームとアイスの甘さ、苺《いちご》の酸《す》っぱさが、口のなかで絶妙に混ざり合う。

「おいしい」

ひとくち食べた私——加藤星乃《かとうほしの》は、正面に座る彼に笑いかけた。頷《うなず》いた彼はコーヒーカップを手にする。

表参道《おもてさんどう》で待ち合わせをするのも、こんなオシャレカフェにふたりでくるのも久しぶりだ。

今日は三月十四日、ホワイトデー。チョコのお返しは前から欲しいと伝えてあったピアスだと嬉しい、なんて思うのは図々《ずうずう》しいかな。

私は、パフェスプーンを持つ手を、ふと止めた。

そして左手の薬指に光る指輪をうっとり見つめる。

あと二か月で夢にまで見た結婚式だ。迷いに迷って選んだあのウェディングドレスを早くお披露目《ひろめ》したい。幸せそうだねと、皆に羨《うらや》ましがられたい。

いまの私には、指輪もパフェグラスも店内の灯りも、全部キラキラして見える。

（ああ、私……これからもっともっと幸せになるのね。この店内にいる人のなかで、私以上に幸せな人なんていないんじゃない？）

嬉しい気持ちがどうしても顔に出てしまう。

今日はこのあと、いよいよふたりの新居を探しに行くのだ。だから、張り切って新しいワンピースを着てきた。彼も休みの日だというのにスーツ姿で気合十分だ。

「ねえ、どこの不動産屋さんに行く？」

背筋を伸ばした私は、明るい口調で彼に話しかける。

「憧れは吉祥寺《きちじょうじ》辺りだけど、会社から離れちゃうよね。それに――」

「星乃」

「ん？」

「いや、不動産屋は行かない。今日はここでおしまいなんだ」

「そうなの？　このあと仕事？」

「……違う」

どうしたのだろう。今日の彼は口数が少なく、ずっと浮かない顔をしている。

仕事で疲れているのだろうか。それなら予定は延期して、彼を少しでも休ませてあげたほうがいいに決まってる。

じゃあ帰ろう、と言おうとした時、テーブルに両手を突いた彼が勢いよく頭を下げた。

「ごめん、星乃。結婚、やめよう」

「……え？」

「星乃との結婚、やめたいんだ俺」

彼の放った言葉がうまく聞き取れない。というより、理解できなかった。

結婚、やめよう？　私との結婚を？　やめる？　やめたい……!?

混乱した私は、普段たいして使わない頭をフル回転させて、様々な理由を脳内から探した。

「急に……どうしたの？　転勤とか？　私、海外でもどこでもついていくよ？　何か悩みがあるなら相談に乗るし、支えるし――」

「好きな人、が、できた。だから結婚……やめたい」

テーブルに額《ひたい》をくっつけそうな体勢のまま、彼が言う。

がっつーーーーんと、横から頭を殴られた。……ような気がした。

（何、なんなの、え、なんて……？　なんて言ったの、いま、なんて……!?）

頭のなかを同じ言葉がぐるぐると回り、動悸《どうき》、息切れ、目眩《めまい》がいっぺんに起きる。

「好きな、人？」

好きな人ができたということは、私はあなたの好きな人ではなくなったということで、そういうことで、そういう、こと……

「本当にいまさらだけど、でもいま言わないと、星乃のこともっと傷つけるよな。……ごめん」

息がうまくできない。声も出せない。

「ごめん。本当にごめんなさい。ごめん……！」

頭を下げ続ける彼のつむじを、呆然と見つめた。パフェスプーンを持つ私の手のひらには汗が噴き出している。アイスを食べたばかりだというのに喉がカラカラだ。何か、言わなければ……

「冗談、だよね？　結婚式の招待状だって何通か返事が戻ってきてるのに、なんて話せば」

「それは、俺が連絡する」

「だって私……会社辞めちゃったよ？　皆からお祝いされて、披露宴も出るからねって、そう、約束して、もらって……」

寿《ことぶき》退社なんて珍しいね～！　と言われながらもお祝いされ辞めたのが、つい二週間前のこと。あなたもその場にいたでしょうが。それに、あなたが私に仕事を辞めろと言ったんじゃありませんでしたっけ……？

「すまない」

「お父さんも、お母さんも、妹も……皆喜んでる、よ？」

声が震えてしまう。頭が痛い。吐き気もする。

「本当に……申し訳ない」

社内恋愛して、トントン拍子に結婚が決まったあなたと私なのに。私たちの二年半はなんだったの、と罵《ののし》ろうとした時、別の言葉が口を衝《つ》いて出た。

「……誰？」

「え？」

私の問いに彼が顔を上げる。その顔は私の知っている彼とは別人に見えた。

「好きな人って、私の知ってる人？」

声を絞《しぼ》り出すようにして彼に尋《たず》ねる。

まさか会社の人だろうか？　同僚？　先輩、後輩……そんな身近な人だったら――

「それは――」

「いい！　やっぱりいい。……聞きたくない」

ダメだ。それを聞いてしまったら私、何をするかわからない。

ぐわんぐわんと頭のなかで大きな音が鳴っていて、カフェのざわめきが遠くに聞こえる。

「ね、本当なの？　何か別のことがあって嘘吐《つ》いてるとか、そういうの――」

「嘘じゃない。どうしても、星乃との結婚は無理だ」

すがりついた一縷《いちる》の望みは、ぴしゃりとはねのけられた。

視界に入り込む婚約指輪の光が、心に痛い。いくら探しても次の言葉が見つからない。

「その指輪、売るなり捨てるなりしていいから」

口を引き結び、肩で小刻みに息をする私に、彼がぼそりと言った。

「返されても、困るし」

「な……っ！」

そのひと言で、一気に頭へ血が上《のぼ》る。グラスを掴《つか》んだ私は彼に向かって水をぶちまけた。

「うわっ！」

ばしゃんという音とともに、彼の顔もスーツも水浸《みずびた》しになった。

「最っっ低!!」

私はバッグとコートを持って席を立ち、出口へ急ぐ。広い店内が一瞬静かになったような気がしたけれど、どうでもいい。

大通り沿いの歩道は人で賑《にぎ》わい、皆、私のことなんておかまいなしだ。私は、大勢の人の流れに逆らって歩き出した。

いつの間にか空はどんよりと曇《くも》り、とても寒い。うっすら芽吹き始めた、春の気配を感じさせるけやき並木の通りを早足で抜ける。

しばらく進んで、後ろを振り返った。

もしや、などと淡い期待を持った自分は愚《おろ》かだ。彼にとって私は、追いかけて言い訳をする価値もない女だということを思い知るだけだったのに。

他人の迷惑も顧《かえり》みずに立ち止まり、その場で苦笑する。

「あー……はいはい、そういうこと」

彼は別れの儀式のために、わざわざスーツを着てきたのだ。

店内で一番幸せなはずの私が、実は一番不幸だったというわけね。ああ、惨《みじ》めだ、滑《こっ》稽《けい》だ。

「ふっ、はは……。バッカみたい……！」

全身の力が抜ける。……パフェ、全部食べ終わってから言ってよ。

私は冬の終わりの大通りを駅に向かって走った。

「これもいらない、これも……いらない！　あとは全部シュレッダー！」

二か月後。彼との思い出を、燃えるゴミとプラスチックゴミと紙ゴミに分けていく。

そして、クッションの横にあるスマホに向かって指をさした。

「データもあとで全部消す！」

画像も動画もいらない。ＳＮＳは、既《すで》に彼からブロックされているのでどうでもいいけれど、いっそスマホごと捨ててしまいたいくらいだ。

歯を食いしばりながら、思い出という名のゴミくずを袋のなかへぽんぽん突っ込んでいく。調子が出てきたところで、ふと小さな箱が目についた。

「これは……」

婚約指輪の入ったそれを手に取り、じっと見つめる。

カフェで彼に水をぶちまけた一週間後、私たちは示談で婚約破棄を成立させた。ズルズルと引きずるよりはいいのだろうが、それにしても彼の行動は素早かった、と思う。

そのあと彼から個人的に連絡があったのは、私宛《あ》てに郵送された手紙のみだ。

内容は、結婚式の招待状を送った人たちへ詫《わ》び状を出しておいたこと、式に関する諸々のキャンセル料を支払ったこと、慰謝料を私の口座に振り込んだこと、という事務的なものだった。

詫《わ》び状だけでは申し訳ないと、私の両親が親戚に連絡をし、改めてお詫《わ》びの品を送っている。私も電話口で謝罪をした。こちらは何も悪くないのになぜ謝らなければならないのだろうと、ぼんやり考えながら。

そうしてしばらく「彼女とは別れた。やっぱりお前が一番だ。やり直そう」と彼が言ってくれるのを待っていた私は、本当に馬鹿だったと思う。

「だからこれも、いらんっ！」

指輪の入った小箱を頭上に振り上げ、袋にぶち込もうとして……やめた。そっとフタを開ける。

「分別しないと」

あんなにもきらびやかだった指輪が、いまはとても哀《あわ》れに見える。捨てられた私みたいだ。

「……指輪に罪はない、か」

頭の片隅にこびりついている彼の言葉を思い出した。

売るなり捨てるなりしていいと言っていたが、捨てるのはやめたい。かといって持っているのもイヤだ。それなら残る方法はひとつ。

「よし、売ってくる！　売ってやるんだからね！」

フタを閉めた小箱をベッドの上に放り投げた。明日にでも売ってしまおう。

「さてお次は、これらの処分」

床に散らばるふたりで行った旅先のパンフや、映画や美術館のチケットなどを、わしづかみにする。後生大事に取っておいたそれらをシュレッダーに突っ込んだ。

「あはは、よく切れるぅ～！　ネット通販シュレッダー部門一位なだけあるわ～！」

「おねーちゃん、うるっさい！　何やってんの、さっきから」

部屋のドアがバンと開き、妹の春乃《はるの》が入ってきた。

「あー、ごめん。うるさかった？」

口を尖《とが》らせていた妹は、部屋の状況を見てハッとする。

「あ、こちらこそごめん。整理中だったのね」

「まぁ、ね」

「いいことじゃん、そうやって前に進むのは」

「……そう？」

目を伏せて苦笑しながら、私は別の紙類を掴《つか》む。

彼と別れて以降、私は映画のＤＶＤを取っ替え引っ替え見ていた。恋愛以外のＳＦやホラーやアクションものを選び、何もかも忘れてストーリーに入り込み、驚き、怯《おび》え、スカッとして、楽しんでいる。

スマホで連絡を取り合う友人らは、私に気を使ってよけいな話題は振ってこない。

映画の他には漫画を読み、ロック系の音楽を聴き、好きな時間に起きて、好きな時間に眠った。

私には未だに彼との婚約破棄が他人ごとに感じられて、いつまで経っても実感が湧かない。ごはんを食べ、家族と一緒にテレビを見て、普段通り笑っている。

涙も全然、出なかった。


翌日、遅い昼ごはんを食べていたら、二時を回っていた。

私は、自宅の最寄り駅から田園都市線《でんえんとしせん》に乗り、渋谷《しぶや》で乗り換え、新宿《しんじゅく》で降りる。駅を出ると、ビルの合間から覗《のぞ》く空は真っ青な五月晴《さつきば》れだった。土曜日の午後ということもあり、東口駅前はたくさんの人であふれている。

人ごみにまざるのは久しぶりだ。婚約破棄されてから約二か月間も、こもっていた私には、初夏の日差しが目に沁《し》みる。

「よし、行こ」

気合を入れて、歩道を歩き出す。

大通りから一歩入ったビルの一階に、目的の店はあった。ブランド品の買い取りショップだ。整理券を渡され、簡易ブースの前に座る。ドアは三つあり、番号順になかへ入っていく仕組みらしい。

「二十三番の方、一番のドアへどうぞ」

呼ばれた私はなかへ入る。男性店員が机の向こうに座っていた。店員の後ろには棚があり、様々なものが置かれている。全て買い取った品だろう。

「大変お待たせいたしました。どうぞ、そちらへお掛けください」

「失礼します」

店員と机を挟んで向かい合わせに座った。

「本日はどういったものを、お持ちでいらっしゃいますか」

「指輪なんですが……」

鞄《かばん》を探って、婚約指輪の小箱と鑑定書を机に置く。

「ではお預かりいたします」

白い手袋をはめた店員は、小箱から指輪を取り出した。

「失礼ですが、こちらは婚約指輪になりますでしょうか？」

「え、ええ。そうです」

「かしこまりました」

私は今日、この婚約指輪を売るために、わざわざ新宿までやってきたのだ。

彼に指輪を買ってもらった時は、結婚資金に回してほしいから安いのでいいと言ったのだけど……それでも二十万円はしたはず。購入して半年も経っていないから、結構いいお値段がつくかもしれない――などと少し期待する。

宝石鑑定用のルーペを脇へ置き、かちゃかちゃと電卓を叩いた店員は、それを私へ見せた。

「こちら、二万五千円でのお引き取りとなりますね」

「……へ？」

半額にもほど遠い値段が表示されている。驚いて声を上げたその時――

「婚約指輪なのに⁉」「婚約指輪ですよ⁉」

（な、何よ、いまの声？）

私の言葉と「婚約指輪」の部分が被った男性の声が、隣のブースから確かに聞こえた。

それに動揺しながらも、私は目の前のスタッフに向けて言葉を続ける。

「その指輪、購入してまだ半年も経っていないんです。ほとんど身に着けていないし、値段も二十万はしたはずなんですが……」

もしかすると、隣のブースの男性も私と同じ立場で、思わず叫んでしまったのだろうか。いや、世のなか、婚約破棄された人なんて、そうそういるわけがないか。

「大変申し訳ないのですが、その『婚約指輪』というのがネックでして。多分、他店に行かれても同じ結果になるかと」

「そうなんですか……？」

「売られた婚約指輪というのは、その、……あまりいい意味の代物《しろもの》ではないと思われてしまいがちでして」

「結婚がうまくいかなかった人が売りにくる、と」

「そうではない方もいらっしゃるのでしょうが、世間一般の受け止め方としては、はい」

不幸の象徴というわけだ。私は小さくため息を吐《つ》いた。

「そんなの誰も欲しくないですもんね」

「ご理解いただけると助かります」

「わかりました。その金額でお願いします」

「かしこまりました。ありがとうございます」

私が買ったものではないのだし、もともとそれだけの価値だと考えれば諦めもつく。お金を受け取った私は、ドアを開けてさっさとブースを出た。同時に隣のドアが開き、男性が出てくる。

(さっき私と同時に叫んだ人、だよね？)

私の視線に気づいた彼が、ゆっくりとこちらを向いた。

振り向いたその人は、なかなかの爽《さわ》やかイケメンくんだ。スクエアフレームのメガネをしている。すらっとした背丈は一七五センチ以上はありそうだ。私が一五五センチだから二十センチの差はある。色味の綺麗なブルーのシャツにジャケット、ラフなパンツを穿《は》いていた。清潔感があり、オシャレな雰囲気を纏《まと》っている。年は私と同じ二十代後半とみた。

こんな人がフラれて婚約破棄されるわけないか……と思っていると、私と目が合った彼は、ばつが悪そうに苦笑した。

「……どうも」

「ど、どうも」

私も同じ返答をする。

「聞こえましたよね？　さっきの」

「えっと、ええ。……聞こえちゃいました」

「参ったな」

やはり私と同じ立場なのだろうか。いや、婚約を破棄したといっても、私の元カレのようにそれを言い渡した側の人かもしれない。そこまで考えてはたと気づく。

「ということは、私の声も聞こえたんですよね？」

「まぁ、はい、バッチリ聞こえました。……お疲れ様、です」

「お……お疲れ様、です」

その言葉に、彼もフラれた側なのだと直感した。そうでなければ「お疲れ様」などという言葉は出てこない。

（だとすればこの人、可哀想。私は自分で買っていないからまだいいものの……高いお

金を出した婚約指輪があれだけの価値だなんて、やってられないよね）

会釈《えしゃく》を交わした私たちは、どちらからともなく離れて店をあとにした。

それにしても、婚約破棄をされた者同士が出会うとは、奇跡に近いのではないだろうか。悲惨な目に遭《あ》ったのは自分だけじゃない。そう思うと、少しだけ心が軽くなる。

「なんに使おうかな、このお金」

売ったお金は、その日のうちに使ってしまうことに決めていた。

ただし、手もとに残るものを買いたくはない。おいしいものを食べたり飲んだりしよう。二万五千円あれば、それなりの食事ができる。

スマホに表示された時間は五時を過ぎようとしていた。まだ夕飯には早いし、辺りをブラブラしようか。

近くにあった百貨店のなかを歩き回る。雑貨や洋服をチラ見してから、上階の書店へ向かった。

新刊や雑誌をひと通り眺《なが》め、ふと足を止めたコーナー。そこには、頑張りすぎないで楽しく生きる本、恋が終わった時に読む本、自分に向き合う本……タイトルを見るだけで胸に突き刺さるものばかりが並んでいる。どうせこんな本読んだって、何も変わるはずがない。

私はひとつ、ため息を吐《つ》いた。

（あまり投げやりになるのはよそう。ネガティブすぎると、運がどんどん逃げていく気がする）

頭を横にぶんと振り、棚にさしてある本へ手を伸ばした。と、同時に誰かの手が、同じ本に伸びてくる。

「あ、すみません」

「いえ、こちらこそ」

手を引っ込め合って、お互いの顔を見る。

「あっ！」

「あ！　……先ほどは、どうも」

なんと、さっきの婚約破棄メガネくんだった。彼もすぐさま私に気づいたようで挨拶《あいさつ》をしてくる。

「どうも……」

とてつもない気まずさのなか、彼が本を手に取り、私へ差し出した。

「どうぞ、この本」

「え、いいんですか？」

「なんとなく手に取ろうとしただけなので。じゃあ、失礼します」

「あ、はい、じゃあ」

軽い会釈《えしゃく》をして彼はその場を去った。

なんという偶然。驚いてまだ心臓がどきどきしている。

私は渡された本の表紙をじっと見つめた。

(こういうポジティブなタイトルの本を手にしようとするなんて、傷ついた人間の向かう先は同じなのかな。やっぱり彼も婚約破棄された側なんだ。……なんだか切ない)

そんなやりきれない気持ちで譲られた本を購入する。

百貨店を出ると、既《すで》に六時半を回っていた。

フレンチやお寿司屋さんにでも入ろうかと考えていたけれど、そんな気分じゃなくなっている。私は口コミがよさげな居酒屋に行って、ぱーっと飲むことにした。

早速、女性ひとりでも行きやすそうな店をスマホで探し、そこへ向かう。

そして、目当ての小綺麗な居酒屋へ入った。おいしそうな匂いが私を取り囲む。清潔感があって雰囲気がいいし、適度に騒がしいから、しんみりしないで済みそうだ。

「いらっしゃいませーっ！　おひとり様ですか？」

「はい、ひとり……あっ！」

店員に答える途中、すぐそばのカウンター席にいた男性と目が合い、私は声を上げてしまった。

「あ！」

メガネの向こうの瞳も私を凝視している。ついさっき書店で会った、婚約破棄メガネくんだ。

またお前かと、彼も同じことを思ったはず。本当になんなの、この偶然は。

「ここ、座ります？」

彼は自分の隣の空席を指さした。それを見た店員が「そうされますか？」と私に問いかける。

「……じゃあ、お邪魔します」

断る理由もない私は、彼の隣に着席し、店員に渡された熱いおしぼりで手を拭《ふ》いた。

「いらっしゃいませ、お飲み物をお伺いしてもよろしいでしょうか」

「とりあえず生。中ジョッキで」

「かしこまりました。生中ひとつついただきましたー！」

「ありがとうございまーす！」と、元気のいい声がカウンターのなかから飛んでくる。

この状況を誤解されないように言っておかなくてはと、彼のほうへ向き直った。

「あの、偶然ですからね？　あとをつけてきたとか、そういうんじゃないですから」

「わかってますよ。俺――僕も、そこまでうぬぼれたりする人間じゃありません。逆にさっきの書店では、こちらがあなたのあとをついていったように感じられたのでは？」

「いえ、そんなふうには思っていません。そちらも偶然ですよね？」

「ええ、もちろん偶然です」

私の前に生ビールとお通しが運ばれると、彼が自分のジョッキを持ち上げた。

「とりあえず乾杯しましょうか」

「そうですね」

かちんとジョッキを合わせる。歩き回って喉が渇いていたせいか、ビールがおいしい。

隣に座るメガネくんは、カウンター越しに焼き鳥を受け取った。炭火で焼いた香ばしいタレの香りに、私のお腹がぐうと鳴る。

「食べます？」

お腹の音が聞こえたのだろうか、彼は焼き鳥が二本載ったお皿を私に差し出した。

「どうぞ。旨《うま》いですよ、ここの焼き鳥」

「……いただきます」

甘辛《からから》のタレが絡んだ鶏肉が口のなかでじゅわっと弾《はじ》け、肉汁があふれ出す。

「ん!? ほんとだ、うまっ！」

「でしょ？」

ビールを飲んだ彼が、こちらを向いて笑った。至近距離で見る笑顔に心臓がドキリとする。

……困った。私好みの顔をしているせいで、その気もないのにときめいてしまいそうだ。

戸惑《とまど》った私は、話題を振る。

「――婚約指輪」「――婚約指輪は」

またもや同じことを同時に口走っていた。

「あっ、どうぞお先に」

「いえどうぞ、あなたからお先に」

彼が先にジョッキへ口をつけたので、私から質問することになる。

「婚約指輪は……あなたが購入されたものなんですか？」

いきなり失礼だとは思うが、初めて会った時から気になってしょうがなかったのだ。

ごくんと喉を鳴らしてビールを飲んだ彼は、あっさりと答えてくれる。

「ええ、そうです。僕の『元』婚約者に買って、そのあと婚約破棄されて、彼女から突っ返されたものです。あなたのは？」

「私の婚約指輪は、『元』婚約者にもらいました。返されても困ると言われて、さっきのところへ売りに行ったんです」

「なるほど、そうでしたか」

メガネの真んなかを押さえた彼が、小さくため息を吐《つ》いた。

「それにしても……あんな値段しかつかないなんてねえ」

「ふっ、ですよねえ」

「結構な値段で買ったはずなんですが、厳しい現実にへこみました」

「私もです。とはいえ、私はもらった身なのでまだマシかもしれませんが……」

お互いに苦笑して、またビールを飲んだ。

この人、話しやすい。

お酒のせいもあるのだろうが、初対面の人に戸惑《とまど》いもせずすらすら言葉が出てくる自分に驚く。どうせもう二度と会うことはないだろうという安心感からかもしれない。

「彼女とは、どれくらい付き合ったんですかー」

酔いが回ってきた私たちは、くだけた調子で質問し合っていた。

「俺たちが付き合ったのは一年ですよ、一年。結婚したい結婚したいって会うたびに言うもんだから、プロポーズした途端にこれですわ」

「あははっ！　一年ですかっ！」

いつの間にか「僕」じゃなくて「俺」になってるし。私も馬鹿笑いしてるし。

「笑うとこじゃないですよ、それ。あなたはどれくらい付き合ったっていうんですか」

「私はー……二年半くらい？」

もっと長く一緒にいたような気がしてたのに、そんなものだった。

「俺より長いっすね！　ぶははっ！」

「そこも笑うとこじゃないですー。別れた原因って聞いてもいいですか？」

「別れた原因は……」

笑顔の彼は一瞬言葉を止めてから、目を伏せた。

「浮気されました」

「え……」

「彼女の職場の、同僚だか先輩だかに寝取られたってオチです」

ははっ、と乾いた笑いをした彼は、当然のように私へ尋《たず》ねる。

「あなたは？」

「好きな人ができたって言われて。結婚式まで二か月だったのに……婚約破棄されました」

酔った勢いで上がっていた気持ちが、一瞬で落ちた。

口に出すと改めて身に沁《し》みる。チクチク、ズキズキと胸が痛んだ。まだこんなにひきずっている自分が悲しい。

彼はそんな私の気持ちを察したらしく、今日一番明るい笑顔を見せて大きな口を開けた。

「飲みましょう！　どんどん飲みましょう！　それで綺麗さっぱり忘れましょう！」

「そうですね！　あなたも飲んで飲んで！　一緒に忘れましょう！」

グラスをがちんと合わせて、ふたりでまたぐびぐびとビールを飲む。

「俺は北村《きたむら》といいます。あなたは？」

「私は加藤です」

「よし、加藤さん、おかわりは？」

「いきまーす！　あ、私シチリア檸檬《れもん》サワーがいい」

「俺も！　すみませーん！　こっちシチリア檸檬《れもん》サワーふたつー！」

そうだ、ぐだぐだ言ってないで、きっぱり忘れればいい。そのために指輪を売ったんだから。あんな男、いつかどこかで会ったら「どなたでしたっけ？」と言ってやればいいんだ。

「北村さんは何歳ですか？」

「俺は二十九です。あなたは？」

「私も今年の九月で二十九歳です！　いまは二十八歳！」

「おー、タメじゃないっすか！」

「タメっすね！」

また、がちーんとグラスを合わせた。

ああ、頭がふわふわする。久しぶりに気持ちのいいお酒の飲み方だ……

「あー俺、ワイン飲みてえ」

「頼んじゃいましょうよ。あ、これうまっ！　北村さんも食べて食べて」

私はカマンベールチーズフライが並んだお皿を、彼の前にずいっと差し出した。

「もっと頼んで、じゃんじゃん食うか！」

「あ、そうだ、私が奢《おご》りますよ。今日臨時収入あったんです！」

「ははは、それ婚約指輪のカネじゃん！　俺が奢《おご》りますって。婚約指輪のカネでな！」

「私が奢《おご》るのー」

「いや、俺が奢《おご》るんだー」

この辺りからもう何を話したのか、よくわからない。

ただただ、ふたりで愚痴《ぐち》を言い合って、ボケてツッコんで馬鹿笑いした。

気がつけば居酒屋を出て、北村さんと夜の繁華街を歩いている。いつの間にか手なんか繋いでいた。

酔っ払いのサラリーマンたちや客引きのお兄さん、大騒ぎで歩く大学生の集団とすれ違う。風は涼しく、ビルの合間の夜空に星がふたつだけ見えた。

私は適当な歌を口ずさみながら、おぼつかない足取りで進む。転びそうになるたびに彼が支えてくれた。こんなに楽しいのは久しぶりだ。彼の腕にしがみつき、ワンピースの裾から覗《のぞ》く足がふらつくのが妙におかしくてクスクス笑っていると、目の前に美しい建物が現れた。

「綺麗なイルミネーションですね。こんなところに豪華マンションが？」

私が建物を指さすと、北村さんが歩みを止めた。私も一緒に立ち止まる。

「これはラブホテルですね」

「ふうん。全然そういうふうに見えないですね」

「入りましょうか」

「……え？」

一瞬だけ酔いが醒《さ》めたように感じた。

（この人とラブホテルに……？　ということは、北村さんは私とどうにかなりたいと思っている、そういうこと？）

黙っていると、繋いでいた手を強く握られた。どきん、と胸が音を立てる。

「俺は、部屋に行きたいです、あなたと」

「……フラれんぼな私なんかが相手でも、いいんでしょうか」

あの日から私は、何をするにも自信が持てずにいた。

婚約相手を失っただけではなく、自分のなかにあった大事なものを全て否定されて、それらがどこかへ消え去ってしまったみたいに感じている。

「俺もフラれんぼですから。慰《なぐさ》めてください」

「じゃあ私のことも慰《なぐさ》めてください。全力で」

「わかりました。全力でお慰《なぐさ》めします」

「……お願いします」

「あ、でも、それならここじゃなくて、ちゃんとしたホテルに行きましょうか。といっても俺、この辺はよくわからないんですが」

「いえ、ここでいいです。移動したら、気が変わりそうだから」

キラキラと光る入り口の灯りを見つめながら、決意を込めて北村さんの手をぎゅっと握り返す。

「無理はよくないですよ」

「無理なんてしてません。慰《なぐさ》めてくれるんですよね？　……全力で」

彼の顔を覗《のぞ》き込むと、メガネの向こう、瞳の揺らぎが消えたように見えた。彼の迷いがなくなったのだと、伝わる。

「はい、全力で」

真剣な表情に変わった北村さんは、繋いでいた手をほどいて私の肩を抱いた。最初は優しく、でも一歩進むたびに力強くなる。

（この人の手、すごくあったかい……。なんだか安心する。そういえば今日は何日だっけ？　何か、とても大切なことがあった日だった気が……）

彼に連れられて、自動ドアから建物のなかへ入る。

「あ、そっか」

「ん？」

「いえ、なんでもないです」

思い出した私は、ひとり苦笑した。

――結婚式の予定日だったんだ、今日。


シャワーを浴びているうちに、私は酔いが醒《さ》めてきていた。

「何をためらうことがあるのよ」

鏡に映った情けない顔をしている自分へ言葉をかける。

(彼を慰《なぐさ》めるんでしょ？　そして私も彼に慰《なぐさ》めてもらうんでしょ？)

出会ってすぐにこういうことをするのは初めての経験だ。だからといって怖気《おじけ》づくのは、いまさらではないか。

バスローブを羽織《はお》ってバスルームを出た。おずおずと彼のいるベッドルームへ入っていく。

いい香りが漂《ただよ》い、間接照明が暗めに調節されている部屋は、広く清潔感にあふれていた。ラブホテルということを忘れてしまいそうな素敵な雰囲気だ。

「……お待たせしました」

「あ、いえ」

先にシャワーを浴びていた北村さんは、ダブルベッドの端に座っていた。私の顔を見た彼は、手にしていたスマホをサイドテーブルに置く。

「どうぞ」

「失礼、します」

促《うなが》されて彼の横に座る。綺麗に整えられたベッドが、ぎしっと沈んだ。

その音が妙に現実的でよけいに意識がはっきりとする。こういう時はどうしたらいいのか、勝手がわからない。さっきまでの勢いなんてこれっぽっちもなくなって、代わりに動悸《どうき》がすごいことになっている。この音がお酒のせいじゃないのはわかっていた。

「……俺」

私とおそろいのバスローブを着ている彼は前屈みになり、膝《ひざ》の上で手を組んだ。

「はい」

「もうだいぶ酔いは醒《さ》めてるんですが」

「私も、です」

緊張で私の手が震えてくる。

「こんな気持ちになるとは思ってもみませんでした」

意味がわからなくて顔を上げると、こちらを見た彼と目が合った。

「実は俺、勢いで女性とこういうことするのは初めてなんです」

「……え？」

「いや、付き合った女性とはもちろんホテルに入るし、アレコレもしますけど。そうじゃなくて、こういう状況が初めてなんです。出会ってすぐに、女性とホテルに入るという状況が」

「それなら、私も同じです。知り合ってすぐの人とこういう場所にくるのは、初めてですから」

この人も私と同じだったのかと思うと、少しだけ緊張がほぐれた。

私の言葉に小さく頷《うなず》いた北村さんは、静かな声で話を続ける。

「そうでしたか。……そりゃ、そうですよね。婚約破棄というのはきっといままで生きてきたなかでも、かなり最悪に近い、傷ついた出来事だと思いますし、自暴自棄《じぼうじき》になるのも無理はない。……話を戻しますが」

「はい」

「だからというか、酔いが醒《さ》めればそういう気持ちがなくなっても仕方がないかと、シャワーを浴びながらなんとなく思っていました。俺だけじゃなくて、加藤さんも酔いが醒《さ》めたら俺に抱かれたい気持ちが消えてしまうかもしれないって」

「でも俺は違いました。あなたがこの部屋に入ってきたのを見て……醒《さ》めるどころか、かえってあなたを抱きたくなりました」

「っ！」

ストレートな言葉を受けて胸が熱くなる。

「あなたを抱いて約束を果たしたい。いま、心からそう思っています」

「……約束？」

「全力であなたを慰《なぐさ》めることです」

「あっ」

肩を抱かれ、彼の体に引き寄せられた。ほどけていた緊張が再び甦《よみがえ》る。

「あなたは？　俺と、こうすることに迷いがありますか？」

「私は……」

北村さんが今夜、私を悲しみのはけ口にしようが、いい加減に扱おうが、別にかまわないと考えていた。私だってそのつもりだったから。でもいくら酔っているからといって、それは失礼なことだと、いまの彼の言葉を聞いてわかった。

彼は私とふたりで過ごす夜をないがしろにはしない。そう言ってくれているのだ。

だから私も、その気持ちに応えたいと思う。

「私も約束しましたから。あなたを慰《なぐさ》めるって」

「全力出してくれます？」

「わ、私なりに、ですけどね。上手い下手は置いといていただいて」

「あ、俺もそこは置いといてください」

彼が笑うので、私まで笑ってしまった。一緒に笑って、くっついている互いの体が揺れる。

「私、イヤじゃないです。あなたに抱かれるの」

北村さんの胸に寄り添い、呟《つぶや》く。私と同じ気持ちを抱えるこの人となら、肌を合わせても大丈夫だ、きっと。

「ありがとう。……加藤さん、緊張してる？」

私の頬に、彼の手がそっと触れた。

「少しだけ」

「大丈夫。あなたがイヤがることは、絶対にしないから」

彼がメガネを外した。たいして度はきつくないのか、目の大きさは変わらないが、ますます私好みの雰囲気を纏《まと》うからどきりとする。

「ただ、俺も飲んだ上に緊張してるので、その、ダメだったらすみません」

「北村さんも緊張してるの？」

「してるよ、ほら」

私の右手を取った彼はバスローブの前をひらき、胸に押しつけた。手のひらに彼の鼓動が伝わる。それはどくん、どくんと大きく脈打っていた。

「……ほんとだ」

「あなたは？」

「私も、同じだと思う」

「じゃあ、直《じか》に聞かせて」

「んっ」

そっと唇を重ねられながら、ベッドへ押し倒された。

何度か軽く唇を合わせたあと、柔らかな舌が入り込んでくる。優しく丁寧に、彼の舌が私の舌を舐《な》めた。

今日会ったばかりの人なのに、以前にもキスしたことがあるような不思議な感覚だ。あっという間に頭がぼうっとして体から力が抜けていく。彼はキスがとてつもなく上手なのだろうか……。

もっと深くキスをしてほしくなったところで気づく。

（あまりにも気持ちがよくて忘れるところだった。私も北村さんを慰《なぐさ》めてあげないと）

私は彼の両頬を両手で押さえ、自分へ近づけた。自分から舌を絡《から》ませて彼のキスに応える。

すればするほど体の奥が疼《うず》いて、すぐに繋がりたい欲求が湧き上がってくる自分に戸《と》惑《まど》う。キスだけでそう思ったことはないのだけれど……私の体、今夜はどうしたのだろう。

北村さんの息遣いが荒くなる。彼は自分のバスローブを脱いだあと、私のバスローブに手をかけてつるりと脱がせた。

お互い何も身につけていない姿になり、肌を直接合わせる。

「ほんとだ。……ドキドキしてるね」

北村さんが私の胸に耳をあてた。彼の低い声が私の体に浸透していく。彼の頬と私の肌が触れ合って……あたたかい。

そういえば、婚約破棄された元カレと体を重ねたのは、いつが最後だったろう。別れる前からセックスの回数が少なくなっていたのは気づいていた。けれど、それは元カレの仕事が忙しいせいだと気にも留めなかったのだ。

私はとにかく「結婚」できることが嬉しくて、新しい生活を夢見てばかりで……元カレの本当の気持ちが見えていなかったのかもしれない。

「んっ」

起き上がった北村さんが私の耳に唇を押しあてた。

「耳、弱いの？」

肩を縮める私に、彼が問いかける。

「うん、あっ」

頷《うなず》くと、耳たぶをちゅっと吸い上げられた。ざわりと肌が粟立《あわだ》ち、一気に首筋から背中、そして腰まで感じてしまう。お酒のせいで何もかも敏感になっているのかと思ったけれど、どうも違うような気がする。

「……んっ、んぁ」

あまり声は出さないほうだったのに、どうしても我慢ができない。熱い肌がぴったりと触れるたびに、体がびくびくと震える。彼の手も胸も脚も、触れてくる全部が気持ちいいだなんて、こんなこと、初めてだ……。

ふいに耳のなかにぬるりとした感触を覚えた。舐《な》められるとさらに体中に疼《うず》きが駆け巡り、火照《ほて》っていくのがわかる。

「なんか、俺……」

小刻みに息を吐く私へ、北村さんがぼそりと呟《つぶや》いた。彼は苦しそうに顔を歪《ゆが》めている。

「どうし、たの？」

「くっついてるだけなのに、ちょっと、ヤバいかも」

「え……？」

「加藤さんの全部が気持ちいいんだ。触れてる全部、が」

北村さんが私の耳もとでこぼした。私と全く同じ感想を囁《ささや》かれたことに驚く。

「こんなこと、初めてだ、俺……」

「私も、さっきからなんだか変……なん、です……んぁっ、あぁっ」

私の胸を彼の手のひらが丸く包み込んだだけで、声が飛び出してしまう。

「あ、すごく、感じやすいって、いうか、あっ」

「俺も……なんだ、これ……？」

太ももに彼の硬いモノがあたった。

私のほうも、十分準備が整ったんじゃないかというくらいに濡れているはずだ。まだそんなに時間をかけていないのに。もしかして体の相性がいいというのは、こういうことなの……？

「あっ！　ん……あぁっ」

胸の先端に彼の唇が移動した。電流が通ったように体がびくびくと跳ね、胸だけで達してしまいそうになる。経験したことのない快感に怖ささえ感じた。

ぼんやりと灯る間接照明が揺らいで見える。ボディジェルの香りと、じわりと噴き出す互いの汗の匂いが混ざりあって、欲情を煽《あお》られた。

硬くなっていく先端を舐《な》められ指で弄《いじ》られるごとに、痺《しび》れるような熱が体を支配していく。

我慢ができなくなった私は、彼の頭を抱えて自分の胸に抱きしめる。そして体をよじり、もっと欲しいと自分から……せがんでいた。

北村さんは両方の手のひらを私の両手のひらに重ねて、強く握る。次いで、私の唇から頬、首筋、肩までまんべんなくキスを落とした。

「どこもかしこも全部、綺麗だね」

「ほん、と？」

「嘘は言わないよ、綺麗だ」

「……ありがと、う……んっ」

なんとなく、彼が私の気持ちに寄り添うために言ってくれたのではないかと感じた。私が自分の全てに自信をなくしていることに、気づいているのではないか、と。

「北村さんは、優しくて、いいね」

「優しい？」

「私に触れる手が、とても優しくて……泣きそうになる」

北村さんの首に手を回して抱きしめると、彼は「泣いてもいいよ」と囁《ささや》いて、私をしっかりと抱きしめ返した。胸がきゅんと痛くなる。

（そんなふうに言われたら本当に泣きたくなっちゃう。私を慰《なぐさ》めるために応えてくれたのはわかってるけど……）

私の脚の間に彼の膝《ひざ》が割り込み、ひらかせ、ぐいぐいと太ももを押しつけられた。それだけで体の奥が熱く疼《うず》く。汗ばんだお互いの肌が、隙間なくぴったりと吸いついた。

彼はしばらくそうしてから、膝《ひざ》の代わりに自分の手をそこへ滑り込ませた。長い指が私のナカにするりと挿入《はい》ってくる。

「あ、っあ」

「……ねえ」

耳もとで熱い吐息とともに尋《たず》ねられ、興奮がさらに高まる。恥ずかしいくらいの水音が響いた。

「本当に、こんなに感じてくれてるんだ……？」

「そうだって、言っ、あっあぁ」

北村さんの指が少し動くだけで、蜜がぐちゅぐちゅとあふれ出していくのがわかる。

いまにも達しそうなのを必死で我慢した。腰を上げて彼の指に夢中になりながら、どうにか自分の使命を思い出す。私も彼の下腹へ手を伸ばした。

「あ……っ!?」

硬くて熱いモノに触れると、彼が小さく喘《あえ》いだ。

ゆっくり上下に動かすのに合わせ、私のナカにいる彼の指も動く。弄《いじ》って、弄《いじ》られているうちに全てがもどかしくなり、それをどう伝えていいかわからない私へ、彼が先に言った。

「俺、もう挿入《はい》りたい。加藤さんに」

たまらないといったその表情に、私の体の奥も切なくなる。

全力で慰《なぐさ》め合うと約束した私たちなのに、お互いたいした奉仕もせず、繋がりたくなっていた。

「私、も……お願い」

「いいの？」

「ん、早く……」

「わかった」

頷《うなず》いた北村さんは、体を起こしてベッドサイドの避妊具へ手を伸ばした。

準備の終わった彼と再び唇を合わせ、舌を絡《から》ませて丁寧に舐《な》め合う。体中で荒い息をして、欲しがる思いを熱に変えていく。

私の脚をひらかせた北村さんは、遠慮がちに自身の硬いモノで入り口を探った。甘い予感が塗りつけられる。

そろそろと私のナカへ挿入《はい》ってきた彼のモノは、途中から一気に奥へ突き進んだ。

「あっ、んんーっ！」

瞬間、目の前がぱっと明るくなり、部屋の灯りが強くなったように感じた。けれど、私の浮いた腰と、ぴんと伸びる足先、強い快感に戦慄《わなな》く下腹が、灯りのせいじゃないと教えてくれる。

（挿《い》れられただけなのに……私、達してしまった。……何、これ……？）

「っあ、はぁ……っ」

「ちょ、ちょっと待って、あ」

蕩《とろ》けそうな快感に襲われながら息を吐くと、戸惑《とまど》う北村さんの声が遠くに聞こえた。朦朧《もうろう》とする視界をどうにか定めて北村さんを見る。彼は顔を歪《ゆが》めて何かに耐え、そしてかくんと頭を下げた。

「……ごめん」

「どうし、たの……？」

「さっきから、ほんと変で、もう、もちそうに……ない」

動きを止めている北村さんが、苦しそうに吐息をこぼした。

私を気遣い、私と同じように感じていることが愛《いと》おしく思えて、胸がぎゅっと痛くなる。

「謝らない、で。私は……先にイッちゃったから、大丈夫」

すぐそばにある彼の耳もとに言葉を吐き出す。

「だから好きに、動いて。好きな時に、イッて」

私の言葉を聞いた北村さんの顔が、不機嫌なものに変わった。

「そんなに……優しくしないでよ。じゃないと、俺……加藤さんのこと――」

「え……？」

聞き返そうとしたのに、繋がったまままむくりと上半身を起こした彼に、腰を打ちつけられた。

「あぁっ！　や、んっあ、はぁっ」

勝手に声が上がってしまう。肌がぶつかる音が部屋中に響き渡った。

「あっ、あ、あぁ……！」

（どうして、優しくしてはダメなのだろう。慰《なぐさ》めるって、優しくすることじゃない、の……？）

言いかけた言葉を打ち消すかのように、彼は私を揺さぶり続けた。

突き動かす激しさとは反対に、私の体にキスをする唇は、やっぱり優しい。この人はそういう人なのだ。自分本位ではなく、律儀に約束を守ってくれる人。そう思ったら、またも快感がせり上がってくる。

「もう、イク、よ……くっ」

「んっ、きてっ、あぁっ、私もっ」

私を見下ろす彼にしがみつき、嬌声《きょうせい》を上げながら頷《うなず》いた。同時に唇を強く塞《ふさ》がれる。

「んふうっ、んんーっ」

咬《か》みつくような荒々しいキスと、私の下腹で暴れる彼の熱い塊《かたまり》に翻弄《ほんろう》され、一気に昇りつめていく。繋がるそこが痙攣《けいれん》し、全身へ甘い快感が駆け抜ける。彼の低いうめき声とともに、私のナカに被膜越しの熱が放出された。

心の痛みをともなう泣きたいくらいの悦楽《えつらく》を……彼も共有してくれただろうか……恍惚《こうこつ》に浸《ひた》る間もなく、気づけば再び彼に激しくキスをされていた。いま終わったばかりなのに、もう始まっている。

慰《なぐさ》め合うって、なかなか終わりが見えなくて、そして、満足するまでに時間がかかるものなのかもしれない。

体中の気だるさを欲情の色に変えて、私は飽きることなく彼ともつれあい続けた。

テレビの音で目が覚めた。

一瞬、ここはどこだろうと目を疑ったが、すぐに思い出す。

(私、昨日出会ったばかりの人と飲みに行き、勢いのままホテルに入って……抱かれたんだ)

ぼんやりしたまま顔だけ動かして視線を移すと、ベッドの端に腰を掛けている北村さんの背中があった。起きたばかりなのか、彼もまだ裸でいる。

北村さんの向こう側にテレビがあるらしく、ここからだと画面が見えない。音だけ聞いていると、昔のドラマの再放送みたいだ。こういう番組がやっている時間ということは、もう朝の十時は過ぎているはず。

——思わせぶりなことばかりしないで！　私のことなんて、好きでもなんでもないくせに。

——違うんだ、そうじゃない。君は僕の太陽だ！　だから……僕から離れないでくれ！

普段なら鼻で笑ってしまうようなドラマのセリフが、妙に心に響く。

キザでクサいセリフだけど、その人の本気の心が入っていればきっとすごく嬉しい言葉だ。

二年半付き合っていた彼に、こんな言葉をもらったことは一度もなかった。私にそれほど本気ではなかったのだろう。彼が本気になったのは、新しく好きになった女性のほうだ。

自分の何がいけなかったのか。

彼を惹きつけておけなかった私が悪いの？　そうだ、それが答えなんだと、この二か月間、何度も何度も自問自答してきた。

苦しくて苦しくて……出会ったばかりの人と、こんなことまでしている自分が、虚《むな》しい。

北村さんの背中を見つめていると、婚約破棄されてからいままでずっと出ることのなかった涙が、目にあふれた。ぽろぽろこぼれて横に流れていく。

同じ気持ちを味わったに違いない北村さんの気持ちを考えると、よけいに泣けてきて止まらなかった。

（つらかっただろうな。つらくてつらくて、私みたいにきっと、自分を責めているんだろう。だから昨日、私とあんなふうに過ごしたんだ……）

ふいに彼の背中にすがりつきたくなる。でも、そんなことをしても迷惑なだけだ。

私はその衝動を我慢しながら涙を拭《ぬぐ》おうとして、「ぐすん」と鼻を鳴らしてしまった。

「あ、すみません、起こしちゃいましたか。うるさかったですよね」

振り向いた北村さんが申し訳なさそうな顔をする。涙を見られてしまったかもしれない。

「い、いえ、全然大丈夫、で……す」

咄嗟《とっさ》に顔をそらそうとすると、こちらへ伸びた彼の手に、頭をぽんぽんとされた。

「っ……！」

彼の行動に動揺する。ベッドでめそめそ泣いている女なんて鬱陶《うっとう》しいだろうと思ったのに。

「なんでフッたりしたんでしょうね。こんなにカワイイのに」

思わぬ言葉を受けて、動揺が増した。どうしていいかわからなくなった私は、シーツにくるまったまま、じっと固まる。

北村さんの手が私の髪を撫《な》でた。その感触があたたかくて、また涙があふれてくる。心のなかに溜まっていたものが、どんどん流れ出して、綺麗に洗われていく気がする。彼は何も言わずに私の髪を撫《な》で続け、こぼれる涙を拭《ぬぐ》ってくれた。

優しい時間だった。

テレビから聞こえる音は、ドラマから天気予報に変わっている。今日もいいお天気らしい。

「眠れました？」

私の涙が止まった頃、北村さんはふと気づいたように言葉を口にした。

「眠れました。あなたは？」

「俺も眠れました。久しぶりに、ぐっすり」

改めて、明るいなかで顔を見合わせた。

北村さんの髪がはねている。起きたばかりで、まだ寝ぼけ顔だ。こういう無防備な男の人の顔を久しぶりに見た。

「俺……目が覚めて、思ったんです。いろいろわかってなかったんだなって」

彼は再び背を向け、ぽつぽつと話し始める。

「婚約破棄されてからずっと、心のなかで自分を責めてました。浮気された自分が悪い。彼女の気持ちに気づかなかった自分がいけない。そんなふうに考えて、彼女を問い詰めることすらせずに、無理やりこの現状を受け入れてました。すがったりするのはカッコ悪いし、どうせ自分がいけないなら、もういいやって」

胸の奥がひりひり痛んだ。私と同じ思いをしているこの人に、親近感や同情、共感以上の何かを感じているのに、それがなんなのかを、うまく表現することができない。

「でも今朝目が覚めて、もしかして俺だけが悪いんじゃなくて、お互い様だったんじゃないかと、そう思えたんです」

「お互い様？」

「俺も彼女も、自分のことしか見えてなかった。相手の気持ちをよく知ろうとしなかった。俺が気づいてやれなかったように、向こうも、こうなった時の俺の気持ちは何も考えていなかったんだろうって」

苦笑した北村さんは、顔だけこちらを振り向いた。

「なんかふと、そう思ったんです。いや、思えたっていうのかな。いままではそんなこと考えつきもしなかったんですが、あなたと寝て、あなたの寝顔を見ていたら、なんかそう、思えた」

微笑《ほほえ》んだ彼の瞳に、私の心臓がきゅっと掴《つか》まれる。

切なくて、痛い。痛いけれど、昨日とは違う。ただつらいだけの痛みではなく、真《ま》っ暗闇《くらやみ》の中の小さな灯りのような光が混じる、ホッとする痛みだ。

「仕事が忙しくて彼女に寂《さび》しい思いをさせていた俺が悪いのは、そうなんですけど、それで離れていったなら仕方がない。彼女はそういう俺を理解できなかったし、それが悪いことではないとも感じてきたんです。……って、何言ってるのか、よくわからないですよね」

「ううん。なんとなくわかります。私も北村さんと同じように、自分の何が悪かったんだろう、私だけが悪かったんだって、そう考えていました。この二か月間ずっと……ずっと同じところをぐるぐる回っていたんです」

家族にも友人にも言えなかった言葉が、するすると唇からこぼれていく。

「だからいまの北村さんの言葉で、私も軽くなった気がします。お互い様って思ってもいいのかなって」

「……俺」

彼が今度は体ごとこちらを向き、私を見つめた。

「はい」

「あなたのこと、ちゃんと慰《なぐさ》められましたか？　昨夜は俺ばっかり、その、気持ちよくなってたっていうか。自分本位だったでしょう？」

「全然そんなことないです」

「本当に？」

「十分慰《なぐさ》めてもらいました。私もすごく、その……よかったです。私のほうこそ、あなたを慰《なぐさ》めてあげられましたか？」

「ええ。俺も十分慰《なぐさ》められました」

クスッと笑い合う。私の心にあった硬いしこりが昇華《しょうか》されていくようだ。慰《なぐさ》め合ったのが、この人でよかった。彼もそう思ってくれたなら嬉しい。

「出ましょうか」

「ええ」

私たちは順番にシャワーを浴び、支度を整えてホテルの部屋を出た。

空は天気予報通りの五月晴《さつきば》れだ。日は既《すで》に高く昇って、辺りは初夏の眩《まぶ》しさに満ちている。

私たちは駅のそばで立ち止まった。北村さんが私と向き合い、ぺこりと頭を下げる。

「ありがとうございました」

「こちらこそ……ありがとうございました」

新宿駅は多くの人が行き交い、今日も賑《にぎ》やかだ。ここはいつでも変わらない。私たちがどんな関係かを気にする人なんて、誰ひとりいない。

私はすっきりした気持ちで彼を見上げた。きっともう、北村さんに会うことはないのだろう。

彼が何線の電車に乗るか知らないし、もちろんどこに住んでいるのかもわからない。何をしている人なのかも、どんな人が彼の婚約者だったのか、も。

「お元気で、北村さん」

「あなたも。加藤さん」

挨拶《あいさつ》をし、私が先に彼に背を向けて数歩進んだ時だった。

「あの……！」

後ろから声をかけられた。振り向く前に、北村さんが私の前に回り込んでくる。

驚いて立ち止まると、彼は切羽詰《せっぱつ》まったような表情で私の顔を見つめた。

「あなたが――」

そう言ったあと一瞬口をつぐんでから、彼は続ける。

「加藤さんが元気になったかどうか、いつか確認できたらいいなと」

「え？」

「……だからその……加藤さんの連絡先を教えてもらえませんか？　ＳＮＳとかのメッセージの送り先だけでいいんで。俺のことも報告したい、ですし」

目を泳がせながら、あれこれ言葉を選んでいる彼がかわいく思えて、笑いが込み上げる。

「ふっ」

「笑うことないじゃないですか。こっちは真剣なのに」

「ごめんなさい。うん、わかりました」

むくれた北村さんに向けてスマホを見せると、彼もスマホをポケットから取り出した。メッセージを送れるＳＮＳを教え合う。

「俺も元気になったら、連絡入れます。いつになるかは、わかりませんけど」

「その頃には私も、胸を張って元気になったと言えるようになっていたいです」

「その時は俺、あなたの本当の笑顔を見てみたい、です」

微笑《ほほえ》んだ北村さんの表情に胸がきゅんとした。少しだけ、別れがたくなっている自分に気づく。

「じゃあ、お元気で」

「あなたも」

今度は私が、雑踏に紛《まぎ》れていく彼の背中を見送る。

北村さんと過ごして、心がうんと軽くなった自分に気づいた。肩に背負った重たい荷物をようやく下ろせた……そんな気分だ。

やっと涙を流せるようになったのは、私と同じ目に遭《あ》い、同じ気持ちを持っていた彼を知って、心が緩んだからだろう。そして、彼が思いのほか、とても優しかったから……

いつかまた、それこそ何年後かに彼と会うことがあったら、心からの笑顔でもう一度お礼を言いたい。

私はあなたに救われました、と。

心に生まれた大切な思いを、私はそっと胸にしまった。

◆　◆　◆

まだ梅雨《つゆ》が明け切らない七月初旬。道端に並ぶ木々の、雨粒が滴《したた》る濡葉色《ぬればいろ》が美しい。

そんなしとしと降り続ける雨のなか、俺は海猫《うみねこ》ハウジングのビルに向かって歩いていた。

「北村様、こちらへどうぞ」

案内された会議室には人事部長と、今回の企画にかかわる社員がふたり待っている。

俺は机の前に座り、差し出された資料に目を通す。

「応募総数は千二百七十二件。そのなかから私どもで選んだ十人の方の資料です」

「ありがとうございます」

俺が代表を務める建築事務所ノースヴィレッジアーキテクツと、大手不動産会社である海猫ハウジングが打ち出した、新しいコラボレーション企画。それが古民家をリノベーションしたシェアハウスだ。今日はその企画のために集まった。

ノースヴィレッジアーキテクツは主にリノベーションを請け負っている建築事務所で、代表である俺と、俺と年齢の近い社員が三人だけの、新進気鋭の若手建築士の集まりだ。

今回は、海猫ハウジングが提案する「古民家再生プロジェクト」事業のための試《こころ》みに、うちが古民家のリノベーションを引き受けた。そこはシェアハウスになるのだが、本格的に貸し出しを始める前にモニターを募集し、住み心地を検証してもらうのだ。

渡されたモニター候補についてまとめた資料を見ていた俺は、思わず声を上げてしまった。

「えっ!?」

「どうされました？」

「いや、いえ、なんでもないです。すみません」

用意されたペットボトルの水を飲んで、気持ちを落ち着ける。もう一度資料に目をやった。

そこに書かれていた人物。

——加藤星乃。二十八歳。女性。

これは、新宿で出会い、俺とひと晩過ごした加藤さん、ではないか？

スマホで交換した彼女のメッセージの登録名は「ほしの」だった。年齢も彼女と同じだ。

応募の日付は四月の頭。俺と出会ったのは五月中旬だから、その一か月以上前か。

とりあえず彼女の志望動機を読む。

——結婚式の準備が終わる直前に婚約破棄をされ、職も失い、何もかもどうでもよくなって、どこまで運がないか試してみようと、ダメもとで応募してみました。

「ぶは……っ！　あ、たびたびすみません」

間違いない、加藤さんだ。婚約破棄されて自棄《やけ》になり、シェアハウスに申し込んできたのか。

「ああ、その方の志望動機ですか。正直でいいですよね」

俺の手もとを見た女性社員がにこやかに笑う。

「ええまぁ、ほんとに、正直ですよね、はは」

正直すぎるだろ……と突っ込みたくなるのを抑え、加藤さん以外の全ての資料にも目を通す。

「この十人の方との面談のあと、三人にしぼる予定ですが、最終的な判断は北村社長にお願いします」

人事部長に頼まれる。

「よろしいんですか？」

「ええ。シェアハウスに住む二十代から三十代の男女と歳《とし》が近い北村社長に選んでもらったほうがよいとの、うちの深草《ふかくさ》の判断です」

深草というのは海猫ハウジングの社長だ。

そして、四人で面談のスケジュールや進行を確認していった。

「これでよろしければ、当選者にはこちらから連絡のメールを入れますので」

「ありがとうございます。私のほうに何も不都合はありませんので、この方たちでお願いします」

「わかりました。では後日改めまして、面談についてのご連絡を差し上げます」

「よろしくお願いします」

「ご足労おかけしました」

打ち合わせが終わり、海猫ハウジングを出る。

その時になっても、加藤さんらしき人の書類が頭から離れなかった。

縁があるのだろうか。「加藤さん」と。

（本人に確かめてみたいが、違ったら個人情報の流出になる。ここは様子を見よう。……まず加藤さんに間違いないと思うが）

婚約指輪を売りに行った日から一か月半が経つ。あの日出会った、自分と同じ立場の女性。あんな都会の真んなかで出会うのは宝くじに当たるようなものだ。

偶然が重なって一緒に居酒屋で飲み、意気投合した。ホテルに誘ったのは俺だ。

無理して笑っている彼女を、このまま帰したくない。もっとそばにいたい。そして――

あの朝、彼女の寝顔を見つめていたら、自分のなかにある暗いものが全て昇華《しょうか》されていく気がした。忙しすぎて元カノにかまってやれなかった負い目も、簡単に婚約破棄された自分の価値のなさも、全部。

加藤さんと別れがたくなった俺は、またすぐにでも会いたくて無理やり連絡先を交換したのだ。

（でも彼女は俺に再び会いたいとは思わなかったかもしれない。……連絡先を聞いた時、冗談だと思ったのか、笑ってたもんな）

だから連絡はしていない。いまもしないと決めた。面談当日まで知らんフリしていよう。

それから二週間後の今日、シェアハウスのモニターを決める面談が行われる。

当選者全員から、面談に出席する旨《むね》の返信メールがきているそうだ。ということは、当然加藤さんもそのなかにいるわけで……

いや、本人に確認を取っていないので確実に加藤さんだとは言えない。だが可能性は高いのだ。

いよいよ今日、彼女に再会できるかもしれない。

俺は気持ちが高揚《こうよう》して、居ても立ってもいられなかった。

「……なんなんだよ、俺は」

ニヤける俺を、社員の内村《うちむら》が不審な顔で見る。ひとつ歳上《としうえ》の彼は優秀な建築士だ。いずれこの会社は彼に任せるつもりでいる。

「どうした？」

「いや、なんでも……。じゃあ行ってくる」

「海猫ハウジングだね、行ってらっしゃい」

内村に見送られて事務所を出た。

梅雨《つゆ》は明けている。照りつける日差しを浴びながら、俺は黒いジャケットを手にアスファルトの上を歩いた。さあ夏本番だと言わんばかりの蝉《せみ》の声が、うるさいくらいに降ってくる。

海猫ハウジングに到着すると、先日と同じメンバーに迎えられて面談室に入った。人事部長とこの企画に携《たずさ》わるふたりの社員だ。

「本日はよろしくお願いいたします」

「こちらこそよろしくお願いいたします」

応募者の詳しい個人情報が書かれた資料を渡された。海猫ハウジングが応募者とメールでやり取りしたもので、先日見た情報に追加されている。

パラパラとめくって確認していく。二十代が六人、三十代が四人。男女半々だ。職種や趣味嗜好《しゅみしこう》、現住所と電話番号なども書かれていた。

(「加藤」さんの趣味《しゅみ》は料理。苦手な食べ物はウニか……、珍しいな)

仕事だというのに加藤さんのことばかり気になって仕方がない。

「最初の面談の方がいらしています。どうされますか?」

しばらくすると、ドアから入ってきた社員が人事部長に尋《たず》ねる。部長は頷《うなず》き、俺を見た。

「では始めましょうか。北村さん、よろしいですか?」

「ええ、始めましょう」

メガネをかけ直し、姿勢を正す。

ひとりひとり、たっぷり時間をかけて面談をしていった。

そしていよいよ、ラストが加藤さんだ。

「加藤星乃さん、どうぞ」

部長が名を呼び、ドアがトントンと叩かれる。

「失礼します」

彼女の声だ。間違いない。

周りに聞こえそうなくらいに、ドクンドクンと鼓動が鳴り響いている。彼女がどういう反応をするのか楽しみで、怖い。いやそれよりも、俺に気づかないどころか、忘れられていたら――

室内に入ってきた加藤さんはお辞儀をして、顔を上げた。

「あっ……⁉」

「どうされました？」

驚く加藤さんに部長が怪訝《けげん》な顔をする。

「い、いえっ、なんでもないです。すみません」

「どうぞ、そちらにお掛けください」

「……失礼、します」

彼女は勧められた椅子《いす》に座った。あそこまで動揺しているということは、俺だとわかったのか。忘れられていなかったことにひとまず安心しつつ、冷静なフリをして資料に目を落とした。

(偶然にもほどがあると思っているかな? 俺もそう思ってるよ、加藤さん。聞きたいことはあるだろうが、いまはまずシェアハウスの面談にお互い集中しよう)

彼女の視線が俺に向いているのがわかった。その視線がくすぐったい。

「海猫ハウジングの人事担当の鳥羽《とば》と申します。こちらが建築設計事務所ノースヴィレッジアーキテクツの北村代表取締役。そして、弊社《へいしゃ》の古民家再生プロジェクト担当の小菅《こすげ》と井ノ原《いのはら》です。どうぞよろしくお願いいたします」

ふむふむと話を聞いていた加藤さんは、俺の名前が出た時だけ、目を見ひらいた。「北村」だと確信したのだ。わかりやすい彼女の表情を見た俺は、思わず笑いそうになるのをこらえる。

「どうぞ、そちらの資料をご覧ください」

彼女は部長に言われるがまま、机上に置いてあった資料をめくってなかを見た。部長の説明は続く。

「弊社《へいしゃ》が推進する古民家再生プロジェクトの一環として『古民家リノベーションでシェアハウスをする独身二十代、三十代の男女』を募集いたしました。応募要項と照らし合わせて、加藤さんのお話を伺わせていただきますが、よろしいでしょうか」

「あ、はい。よろしくお願いします」

「加藤さんのお住まいは都内近郊ですね」

「はい。田園都市線を使っています」

だとすると、渋谷で乗り換えて新宿にきたのか。と、あの日の加藤さんを妄想する。

「加藤さんがご応募いただいた動機に『結婚式の準備が終わる直前に婚約破棄をされ、職も失い、何もかもどうでもよくなって、どこまで運がないか試してみようと、ダメもとで応募してみました』とありますが」

「ごほっ」

まさか部長がそこを繰り返すとは思わず、俺は噴き出しそうになった。どうにか咳としてごまかせたと思ったのに、加藤さんが俺をにらんでいる……！

「失礼しました。どうぞ続けてください」

俺は加藤さんから目をそらして先を促《うなが》した。

「では改めまして。失礼ですが、加藤さんは現時点でお仕事のほうは、お決まりになりましたか？」

「い、いいえ、まだ何も」

いたたまれなさそうに加藤さんが肩を縮こまらせた。そんなふうに思わなくていいと、彼女に寄り添いたくなる衝動が起こる。婚約破棄をされたのも、職を失ったのも、君のせいではない。

「教えていただき、ありがとうございます。それでは合格した場合のお話をさせていただきますね。資料の三ページをおひらきください」

部長に言われ、全員が古民家再生プロジェクトの資料ページをめくる。

「そちらに掲載されているのが今回のシェアハウスとなる古民家です。リノベーションは全て終わっておりますので、なかは新築と変わりありません。仕様はそちらに掲載されているものをお読みください」

「わぁ、素敵ですね！」

加藤さんの明るい声が響き、俺の胸がずきっと痛んだ。

(なんだろう、この感情は。彼女が元気そうなのは俺にも喜ばしいことなのに。立ち直っているのに俺に連絡をくれなかったからか……？　いやまだ本当に元気になったわけじゃないかもしれない。というか面談に集中しろよ、俺)

古民家をリノベーションしたシェアハウスは、味のある古い建物だが、ドアや窓は新しくモダンなものに替えた。室内も、特に共同の水回りは、清潔感あふれるようにと工夫している。

「シェアハウスは四人が暮らせる仕様です。二階は女性がふたり、一階は男性がふたり。それぞれの階にバス、トイレがついていますので男女で共用することはありません。

キッチンとリビング、テラスは共用です。こちらを一年間、無料で提供いたします。ここまでで何かご質問はございますか？」

「いえ、大丈夫です」

加藤さんは勧められた麦茶を飲んだ。俺は彼女がそれを飲み終えたのを確認して、小さく息を吸い込む。

「では次に、私のほうからモニターとしての条件をご説明します。ノースヴィレッジアーキテクツの北村です、よろしくお願いします」

冷静な声を出せたことにホッとする。だが、目が合うたびに内心動揺しているのが、彼女に伝わっていないだろうか。とにかく、彼女との二か月ぶりの会話だ。

「よろしくお願いします」

「まず、週二回以上キッチンで料理を作り、全員、もしくは都合のつく数人で食べてください。その様子をこちらが用意したブログに投稿していただきます。本名や顔出しはしなくて結構です。個人のＳＮＳやブログに投稿することはやめてください」

「はい」

「こちらで提供する家電、家具、キッチン用品など、インテリア製品に関する使い勝手などもブログに投稿してください。シェアハウスそのものの使い心地や光熱費の抑え方の工夫など、生活全般に関することもどんどん投稿していただきたいです。モニターの方にお願いしたいのはシェアハウスの宣伝です。いいところも悪いところも、素直に感じたことを書き込んでくだされば と思います。加藤さんはその点、応募要項のように思ったままを書いていただけそうですので期待しています」

ふたりにしかわからない冗談のつもりで、にっと笑いかけたが、どうやら逆効果だったらしい。ムッとされてしまい、内心動揺する。

「お部屋の仕様について、何か心配事はありませんか」

俺の説明が終わり、にこやかに笑った女性社員の小菅さんが、加藤さんに尋《たず》ねる。

「えっとそう、ですね。音はやっぱり響くんでしょうか」

「できる限り防音対策はしてありますが、木造ですので鉄筋造りよりは響きますね。ただ、声が筒抜けということはないです」

「そうですか。募集は四人、ということですか?」

俺が加藤さんを選べば、彼女はシェアハウスに住むことになる。そこには男がふたり入って、彼女と同じ家で生活するんだ。——想像した途端、焦燥感に駆られた。

「いえ、募集は三人になります。弊社《へいしゃ》か、ノースヴィレッジアーキテクツさんからひとり参加する予定です。まだ誰が参加するかは未定なんですが——」

「いや、私が参加しますので」

俺は右手を上げて、小菅さんの発言を遮《さえぎ》った。ほとんど条件反射に近い。

「え⁉　北村社長がですか？」

「ええ。させてください」

　鳥羽さんと小菅さんが明らかに動揺している。それはそうだろう。俺だってついさっきまでは、そんな気持ちは少しもなかった。

　シェアハウスに入居するのは面倒極まりない。既《すで》に忙しいいまよりも、この先もっと忙しくなるのはわかっているのに、彼女の顔を見て声を聞いていたら我慢できなくなったのだ。

「北村社長がよろしければ、こちらはかまわないのですが……本当にいいのですか？」

「ええ。私が責任もって、シェアハウスのメンバーに何事もないようにしますので」

「それは安心ですけど……そうですか。まぁ、その話はこのあと、もう一度相談しましょう」

「そうですね。急にすみません」

　そう言いながら、現在の職業を聞かれた時の加藤さんの顔を思い出していた。彼女の申し訳なさそうな顔には見覚えがある。

　あの日の朝、ひとりすすり泣いていた彼女は、俺に頭を撫《な》でられながら、さっきと同じ表情をしていたのだ。自分を責めてしまうクセというのはなかなか直らない。俺も同じだったからわかる。

――君は何ひとつ悪くない。君が心の底から元気になるのを、そばで見ていたい。いつか彼女にそう伝えられたらいい。

「加藤さん」

彼女の瞳を見つめて名を呼ぶ。

「はい」

「私が参加することで無理だと思うなら、この場で断ってください」

「え……？」

これまでの生活を変えようとしている彼女の邪魔だけはしたくなかった。

「……いえ、参加します」

「そうですか。では合格された場合、一週間後にご連絡を差し上げますので、お待ちください」

俺がいてもいい、と答えてくれたのだ。胸に湧き起こる嬉しさは表に出さず、淡々と説明する。

お疲れ様でした、と俺たちに挨拶《あいさつ》をされた加藤さんは、その場をあとにした。

面談終了後、資料を片づけていると人事部長が俺のところへきた。

「北村さん。新興住宅地開発の件で黒田《くろだ》が、北村建設社《きたむらけんせつしゃ》に確認したいことがあるとのことです」

北村建設社は、ノースヴィレッジアーキテクツが懇意《こんい》にしている大会社で、俺はわけがあって、そこの仕事も少し引き受けていた。

「ああ、黒田専務ですか。少しお待ちいただいてもいいですか。事務所に仕事の確認をしてきますので」

「ええ、それはもちろん。お疲れ様です。直接専務室にきてくださってかまわないそうです」

「わかりました。すみません」

俺は面談室を出て、廊下の奥にある自販機の前に急いだ。都合のいいことに誰もいない。

もう四時をすぎていたが、窓の外はまだ日差しが強そうだ。

俺はスマホを取り出し、加藤さんにメッセージを送る。初めてのことだ。

(彼女はもう電車に乗っている頃か)

『北村です。お久しぶりでした。ということで、どうぞよろしくお願いします』

すぐに既読がつき、返信がきた。

『まだ、本決まりではないですよね？』

『俺がオーケー出せば、合格者のひとりは加藤さんで決まりです。海猫ハウジングさん側は、俺の意見を通すと言ってくれているので』

『北村さんは私を合格者にしたいんですか？』

「え、なんだよ急に。ストレートだな」

意外な反応だ。自販機でコーヒーを買いながら、俺もストレートに返す。

『そうですね。俺は加藤さんがいいです』

既読はついたが返事がこない。

どう返事をしたらいいのか迷っているのだろう。彼女の言葉を待たずに追い打ちをかける。

『俺がよくても、あなたがイヤなら仕方がないと思って、あの場で断ってくださいと言いました』

『北村さんが私を参加させたくなくて、ああいうふうに言ったのかと思いました。私と一緒にいたら気まずいのかと』

そういう受け取り方をしたのか。

『それは誤解です。全然違いますよ』

『そうですか、わかりました』

慌てて否定するものの、彼女の表情が見えないから不安だ。

『では、加藤さん。さっきもお話しした通り、詳細は追って社から連絡を入れますので。

よろしくお願いします』

『こちらこそよろしくお願いします』

そこでメッセージのやり取りをやめた。カップに入ったコーヒーに口をつける。半分まで飲んだところで、俺はもう一度メッセージをひらいた。

『加藤さん、いま、電車のなかですか？』

『渋谷駅に着いて、乗り換えるところです』

『電話します』

メッセージを終わらせ、通話に切り替えた。すぐさま彼女が出てくれる。

『どっ、どうしたんですか、急に』

「すみません。加藤さんの声を聞いて確認したかったんで」

『ちょっと待ってください。人のいないところに避けますので』

電話の向こうから、駅員のアナウンスや雑踏の様子が聞こえてくる。

『お待たせしました。なんでしょう？』

「加藤さん。元気に……なりましたか」

『えっ……』

あの別れ際の言葉を思い出してくれただろうか。元気になったらあなたに報告したいと、連絡先を知りたがった俺の言葉を。

『……元気になれていないから、シェアハウス一次通過のお知らせを受けて面談に行ったんです。北村さんこそ、もう元気になりましたか？』

「俺も元気になれていないから、あなたが応募したシェアハウスに参加することにしたんです」

いや、その言葉は少し違う。俺は加藤さんが気になって仕方がなくて、参加せずにはいられなかったのだ。

『それはどういう――』

「では仕事に戻るんで、これで失礼します」

『え、ちょっと、北村さん』

「お手間を取らせてすみませんでした。気をつけてお帰りください。今日はお疲れ様でした」

これでは言い逃げだ。でもこれ以上彼女の声を聞いていたら、何を言い出すか自分でもわからない。加藤さんに再会するまでは、こんなつもりじゃなかったのに。

一週間後、海猫ハウジングは当選者の男女三人に連絡をした。そのなかには当然、俺が選んだ加藤さんがいた。

◆　◆　◆

「――香ばしい匂いがする。どこだろう？」

焼き鳥の香りではない。おせんべいを焼いているような、いい香りだ。私は鼻をひくつかせながら、ゆるゆると通りを歩いていた。

「たい焼き屋さん……？」

おいしそうな匂いの正体を見つけて驚く。

今日は八月下旬の水曜日、つまり平日だ。朝から蒸し暑く、まだまだ気温が上がりそうな午前十時四十分。ほかほかのたい焼きを食べたくなる寒い季節とは真逆であり、おやつ時でもないのに、小さな店の前には行列ができている。

不思議に思いながら、私はたい焼き屋を横目に通りすぎた。

ここは東京の下町、谷根千《やねせん》と呼ばれる場所。谷中《やなか》、根津《ねづ》、千駄木《せんだぎ》のエリアを「谷根千」と言うらしい。最近、女性向けの雑誌で取り上げられることが多いところだ。

とはいえ根津は初めてなので、周辺がどうなっているのかさっぱりわからない。

地下鉄を降りて大通りに出た私は、シェアハウスまでの道のりをぶらぶらと歩いていた。

ここの居住者を決める海猫ハウジングの面談で、北村さんと再会した。心臓が飛び出しそうになるくらい驚いた私は、そこで何を言ったのかあまり覚えていない。けれど、帰る途中に彼がスマホの通話で言った言葉は、まだ心に引っかかっている。

——俺も元気になれていないから、あなたが応募したシェアハウスに参加することにしたんです。

それがどういう意味なのかは教えてもらえず、さっさと電話を切られた。あんな言い逃げは……ずるい。

(私と一緒に住めば元気になれるということ？　そこに深い意味はあるの？)

むんとした空気のなかで考え、結局彼に聞いてみないことにはわからないという答えにたどり着く。

彼と再会してから一週間後。私はシェアハウスのモニターに合格していた。北村さん曰《いわ》く、彼がオーケーをすれば私は合格。その言葉通りに実行したのだろう。

その後、一度海猫ハウジングの社員に車でシェアハウスまで連れてきてもらい、北村さん以外のメンバーとともにリノベーションされた古民家を見学した。

それがいまから一か月前のこと。その間、北村さんとは一度も連絡を交わしていない。

そして、今日が引っ越し当日なのだ。

元カレとの思い出の品をバンバン捨てまくった私は、ついでにデート用の服や靴まで捨ててしまったので、持ち物が相当少なくなっていた。

さらに、海猫ハウジングと提携したインテリアショップから、家具や寝具、家電などの提供をしてもらえるため、運び入れるのはわずかな洋服と身の回りのものくらいだ。いずれ働くにしても、いまはまだ無職だからスーツ類も持ち込まない。

ということで、段ボール二箱分の宅配便を実家から送り、私は電車でここまできた。何か足りなければ買うか、実家から送ってもらえばいい。

荷物はお昼頃に届く予定。それまでにシェアハウスに到着すればいいのだ。

「だからラクチン、ラクチン……と、あれ？」

路地に入ったはいいものの、岐路《きろ》がいくつもあるため、うろうろしているうちに迷ってしまった。途中、おいしそうなパン屋や大きな神社、金太郎飴屋《きんたろうあめや》に小さなカフェと目移りしていたのが原因らしい。

「さっきのたい焼き屋さんまで戻って、ついでに買っていこう」

スマホで場所を確認しながらひとりごちた。

（挨拶《あいさつ》代わりのお菓子は別にあるけれど、せっかくだもの）

あれだけ行列ができていたのだから、よっぽどおいしいたい焼きなんだろう。お昼前には全員到着しているというシェアハウスのメンバーも、きっと喜んでくれるはずだ。

もときた道を戻った私は、閑散《かんさん》としているたい焼き屋の前で思わず声を上げてしまった。

「もう売り切れ……!?」

店のシャッターが閉まっている。私はスマホで、そのたい焼き屋の店名を検索した。

「あー……老舗《しにせ》の大人気店だったんだ、残念」

またきてみればいいか、と肩を落とし、私は再び歩き出す。

「えーと、こっちだっけ。違うな、こっち？」

たい焼き屋を離れて路地に入り、シェアハウスを目指したのだが、スマホで検索しているにもかかわらず、またも迷ってしまった。

「ちょっと、宅配便きちゃうよ。……どうしよう」

「加藤さん？」

焦《あせ》りながら周りをきょろきょろ見ていた私に、誰かが声をかけてくる。

「えっ、あ!?」

振り向いた私は、その人を見て素《す》っ頓狂《とんきょう》な声を出してしまった。だってまさか、こんな場所で会うとは夢にも思わなかったから。

「き、北村さん」

「何してるんですか、こんなところで？」

私を見た北村さんが首をかしげる。

コンビニの袋を片手に提《さ》げた彼は、鮮やかなブルーのTシャツに、こなれたジーンズを穿《は》いている。普段着に合わせているのか、前に見たメガネとは違うものをかけていた。

既《すで》に地元の人のようにこの場所に溶け込んでいる。

「シェアハウスの場所がわからなくなってしまって」

「ああ、この辺わかりづらいですよね。俺もコンビニ行くのに迷っちゃって。これからシェアハウスに戻るところなんで、一緒に行きましょう」

「はい……お願いします」

彼と並んで路地裏を歩く。木陰の塀の上に三毛猫《みけねこ》がいた。三毛猫《みけねこ》の少し先に、ハチワレ猫が香箱座《こうばこずわ》りをしている。塀の上は風通しがよく、涼しいのだろう。二匹とも目を細めて気持ちよさそうにうとうとしていた。

「あっ、たい焼きを買いに行こうとしてたのに忘れました」

思い出したように彼が言う。

「私もたい焼きを買おうとしたんですけど、売り切れてました」

またも同じ思考だったらしい。この状況に慣れてきたのか、もう驚かなくなってきた。

「売り切れてました？　残念だな……」

「すごい人気なんですね」

「らしいですね。今度一緒に買いに行きましょうか」

「え、ええ」

こういうことをサラッと言うから戸惑《とまど》ってしまう。

（ふたりで一緒に行くの？　あんなふうに体を合わせたのになんでもない顔をして？　この前の面談の時といい、今といい、どうしてそう平気でいられるんだろう……）

蝉《せみ》がじーわじーわと鳴き、照りつける太陽はますます空の高いところへ昇っていく。帽子を被る私の額《ひたい》とこめかみに汗が滲《にじ》んだ。

「迷惑でした？」

路地を曲がったところで、唐突に彼が言った。心臓がどきんと音を立てる。

「……迷惑って？」

「俺が加藤さんをシェアハウスの住人に選んだこと、です」

面談後に言われた彼の意味深な言葉を思い出す。

（私と一緒にシェアハウスに入れば、元気になれると言いたげだったよね）

私はトートバッグを肩に掛け直し、言葉を慎重に選んだ。

「迷惑だったら、初めからこのお話を受けないです。というか、私が選ばれたのは北村さんの独断だったんですか？」

彼もまた言葉を選んでいるのか、一瞬返答が遅れる。

「俺が推したというのはありますが、他のふたりも加藤さんがいいと思ったようですよ」

「そうなんですか？　どうして？」

「動機が動機なんで、印象深かったみたいです。もちろんそれだけじゃないですけどね」

「はぁ、なるほど」

婚約破棄された人が相当珍しかったのか。ということは、やはり同じ立場の北村さんと出会ったのは奇跡に近いのだろう。

「そもそも、加藤さんはなぜシェアハウスに応募されたんですか。ご実家住まいですよね？」

「婚約破棄後、自棄《やけ》になって宝くじを買ったり、プレゼントやモニターに応募しまくったんです。シェアハウスはそのなかのひとつでした。一次通過のお知らせがきた時、ちょうど従弟《いとこ》が結婚することを知って……。私、従弟《いとこ》を素直にお祝いできないと思ったんです。結婚の話題が上がるたびに針《はり》の筵《むしろ》状態になりそうでした。だから家を出ることに決めました」

結婚するのは、母方の叔母の息子である従弟《いとこ》の秀《ひで》ちゃん。

昔から家族ぐるみで仲がよく、彼は私によくなつき、私もかわいがっていたけれど、「結婚」にまつわる全てがつらくて、シェアハウスに逃げることにしたのだ。

「……それはつらいですね」

「がらりと環境を変えてみるのも、いいかと思って」

「ですね。いいことだと思います」

そこで会話は途切れた。

駅からシェアハウスまでは近いと聞いていたが、私はかなり遠回りをしていたらしく、なかなかたどり着かない。初めての道だから遠く感じるのかもしれないけど。

とても暑い。気温は何度くらいなんだろう。

（もしかして、息苦しいのは暑さのせいではなく、北村さんの隣にいるせい？　私、彼にもう一度会えたら、言おうと思っていたことがあった。そして聞くことがあった――）

「ひゃあっ！」

突然冷たいものを頬にあてられ、私は飛び上がる。

「な、何をするんですかっ⁉」

「いや、暑くてぼーっとしてるのかなって」

北村さんの手にはコンビニの袋から取り出したらしい、凍ったスポーツドリンクがある。それを私の頬にくっつけたのだ。

「うおー、気持ちいい」

彼も自分の頬にそれをあて、ぎゅっと目をつぶった。その表情に、あの夜のことが一瞬で胸に甦《よみがえ》る。

（北村さんは私を見て何も感じないのだろうか。抱きしめ合った甘い夜を思い出して戸《と》惑《まど》うことは、ないの？）

横にいる彼がいま何を考えているのか、私には全く見当がつかない。ため息を吐《つ》きながらそっと頬を撫《な》でると、水滴が指についた。

暑い、じゃなくていまは……熱い。

ようやくシェアハウスにたどり着いた。

大きな古民家の玄関は、立派な木製の引き戸になっている。北村さんが鍵を差し込んで回し、戸を開けた。広い三和土《たたき》に一歩入ると、新しい木の香りとエアコンの涼しさが私たちを包んだ。

サンダルと靴が並んでいる。

「皆さん、到着してるんですね」

「ええ。俺がコンビニへ出る前に、おふたりともきてましたよ」

「北村さんは早くに着いてたんですか？」

「朝からずっといました。俺はシェアハウスのメンバーのひとりではありますが、一応ここの責任者なので」

北村さんはこのシェアハウスをリノベーションした建築事務所の社長で、ここに住むことになったのだから当然といえば当然か。

彼と一緒に玄関から上がる。私たちが到着した気配を感じたのか、二階から階段を下りる音と、一階の奥からこちらへ向かってくる足音が聞こえた。

一階のリビングに集まった私たちシェアハウスのメンバーは、ひとまずソファに落ち着く。

ソファはコの字型に置いてあり、端のひとり掛けに北村さん、その隣のふたり掛けに男性と女性、北村さんの正面に私が座った。

「既に皆さん顔見知りだとは思いますが、改めて自己紹介をしましょうか」

北村さんの仕切りで話が進む。

「では私から。ノースヴィレッジアーキテクツ代表の北村です。よろしくお願いします」

よろしくお願いします、と私たちも頭を下げる。次はハーフパンツにTシャツを着た短髪の男性の番。

「石橋《いしばし》です。文具会社の営業やってます、よろしくお願いします」

さすが営業という感じの滑舌《かつぜつ》のよさと、爽《さわ》やかな笑顔だ。次は女性の番。

「十和田《とわだ》です。アパレルの販売をしています。よろしくお願いします」

前に会った時も思ったけれど、はつらつとしたかわいらしい人だ。長い髪を耳の下でひとつに結わえ、Tシャツにサロペット姿が似合っている。

そして私の番になった。

「加藤です。いまは……無職です」

一年とはいえ無料で住めるシェアハウスだから、私みたいなゆるい人もいるかと予想していたのに、甘かった。同世代ならバリバリ働いている人のほうが普通だ。なんとなくいたたまれない。

「ありがとうございました。では次に――」

「あ、ちょっと待ってください。いいですか？」

北村さんの言葉を、男性――石橋さんが遮《さえぎ》る。

「皆さんの下の名前と年齢も知りたいです。俺は石橋一樹《かずき》です。数字の一に樹木の樹。二十八歳です」

顔を見合わせ、自己紹介と同じ順に名乗っていく。

「十和田保奈美《ほなみ》です。保つに、奈良の奈に美術の美。二十七歳です」

「私は加藤星乃です。空の星に、乃木坂の乃です。もうすぐ二十九です」

次は北村さんの番だ。そういえば私も彼の下の名前は知らない。すると、なぜかためらった北村さんは、小さくため息を吐《つ》いて私を見た。

「俺は……月斗《つきと》です。空の月に、一斗缶の斗」

「わぁ星と月ですね、加藤さんと北村さん！」

「へぇ、すごい偶然っすね〜！」

すぐさま十和田さんと石橋さんが反応した。彼らの言葉で我に返る。まさか、名前までこういう偶然があるとは……。ここまで重なると、北村さんがためらったのもなんとなくわかる。

「では、シェアハウスの生活を始めるにあたって、確認の説明をさせていただきます」

鞄《かばん》からプリントを出した北村さんは、それを皆に配り、シェアハウスのルールを話し始めた。面談で聞いたものとほぼ同じ注意事項を再確認する。

「――それから、シェアハウス内での恋愛関係を禁止します」

彼の言葉に、それまでふんふんと頷《うなず》いていた私たちは一斉に顔を上げた。

「そんな決まりありましたっけ？　いや、別にそういうつもりはないですけど、そうだったかなと」

石橋さんが北村さんに尋《たず》ねる。

「ありませんでしたが、後付けで俺が提案しました」

「後からわざわざですか？」

「当初は同性だけのシェアハウスという案もあったのですが、偏《かたよ》りがあると気づかない点が多いため、男女二名ずつを選ぶことにしました。今回のリノベーション・シェアハウス計画はまだ試験的なものです。気づいたことがあればどんどん提案していただきたいのと同時に、この生活を長続きさせるためにも、恋愛関係のゴタゴタはなるべく避けたいな、と」

「ああ、なるほど」

「それはそうですよね」

石橋さんと十和田さんが頷《うなず》く。

後付けで北村さんが「恋愛禁止」を提案した。私と面談をした時も、北村さんは急に参加することになった……

（もしかして私がここにいるから、恋愛禁止とか言い出したわけじゃないよね？　私のことは、元気になったかどうかを確認したいだけの、一夜限りの関係。今後も恋愛関係を求められたくないから、ここで釘を刺しておく、とか）

いや、考えすぎだと、私は小さく首を横に振った。私が理由などという、そんな私情でルールが決定されるわけがない。

とはいえ、恋愛禁止自体はいまの私には気楽でいい。一年もあるのだ。その間、平和に暮らせるに越したことはないのだから。

「一応、私はここを作った立場ではありますが、そこは気にせず過ごしてください。私に対してどう思われても、ここを立ち退《たの》いてもらうことはありません。個人の素行がシェアハウスに悪影響を及ぼした時のみ出ていってもらいます」

淡々と北村さんが語る。

シェアハウスを作ることにかかわった会社の社長が同居というのはどうかとも思ったけど、よかったのかもしれない。変なことはできないし、困った時、すぐそばにいてくれるのは安心だ。

石橋さんと十和田さんも私と同じ考えだったらしく、北村さんの言葉に納得している。

「ところで、皆さん、敬語はやめません？」

にこっと笑いながら十和田さんが言うと、石橋さんも笑った。

「賛成。ずっと敬語は疲れる」

「ですね、そうしましょう」

北村さんが頷《うなず》いたところで私の荷物が届いたため、その場は一旦おひらきとなった。

荷ほどきが終わっている石橋さんと十和田さんは、飲み物を買いにシェアハウスを出る。夜、リビングで親睦会をするのだ。

「よいしょ、っと」

私は荷物を持って、自分にあてられた二階の一室に入る。畳の上に段ボール箱を置いた。

「どこに置きます？」

もうひとつの段ボール箱を持ってくれていた北村さんが、部屋の入り口で言った。

「ええと、クローゼットにお願いします」

「わかりました」

東向きの八畳間は窓が大きく取られ、とても明るい。真新しい畳のいい香りが充満している。この部屋はエアコンのスイッチをつけていなくても、それほど暑くなかった。

木製の格子が美しい引き戸のクローゼットに北村さんが段ボール箱を入れてくれる。

彼はこちらを振り向き、私の足もとに置いたもうひとつの段ボールを見つめた。

「荷物、少ないですね。段ボールも軽かったですし」

「ほとんど捨てちゃったんです。自分のもの」

「捨てた？」

「も、元カレとの思い出のものとか、デート服とか、そういうのを全部捨てたら、ほとんど持ち物がなくなっちゃって……」

「あー……」

メガネを押さえた彼が、何度も頷《うなず》く。身に覚えがあるのだろう。

「北村さんは荷物多いんですか」

「俺も似たようなもんです。スーツケースひとつと、バックパックひとつに詰め込んできただけだから」

「少なっ！　……やっぱり捨てた、とか……？」

「全部捨ててましたね」

互いにため息を吐く。　傷ついた者が行きつく行動が同じすぎて、笑うどころか悲しくなってきた。

「加藤さん」

「はい」

「俺と加藤さんが知り合いということは、あのふたりには言ってませんので」

「あ、はい」

それは……そうだろう。どんな関係かなんて、私たち以外が知る必要はないのだから。

「面談の時に加藤さんが俺の顔を見て驚いたのを、海猫ハウジングの部長と社員に不審がられましたが、知らないフリをしておきました。それから——」

北村さんが一歩踏み出し、私に近づいた。どきんと心臓が大きく鳴り、体に緊張が走る。

「加藤さんを合格にしたのは独断ではありませんが、恋愛禁止は俺の独断で決定しました。海猫ハウジングにはあとで報告します」

「え？」

念を押すように言うなんて、やはり私に釘を刺したかったのだろうか。

「嫁入り前の女性に何かあったら困りますからね」

「それだけですか？」

「……それだけですよ」

「本当は違ったり、隠していることとかないですか？」

「隠してること？　例えばどういうことでしょう」

メガネの奥から北村さんの瞳が私をじっと窺《うかが》う。

「いえ、なんでもないです」

シェアハウス内で恋愛禁止ということは、私とは恋愛関係にならない、と宣言しているのだ。別に期待していたわけではないけれど、複雑な気持ちだ。

では、あの言葉はなんだったのだろうか、と思案する。私がいるからシェアハウスに参加すると言ったのに……

自分と行動は似ていても、北村さんが何を考えているのか、よくわからなかった。

「困ったことがあったらすぐに言ってください。じゃあ」

北村さんが、私の頭にそっと手を置く。

「っ！」

思わず肩を縮こめてしまった。大きくて、温かい、彼の手。めそめそ泣く私を、こんなふうに優しく撫《な》でてくれた……

「に、荷物、ありがとうございました」

意識してしまう自分を悟《さと》られたくなくて、目をそらす。

「いえ。ああ、敬語はやめましょうって決めたんだ。ね、加藤さん」

「うん……そうね。やめる」

……私、変だ。

ひと晩とはいえ体を繋いで、お互い夜遅くまで感じまくってたのに。たったこれだけのことで動揺したりして。

頭をぽんぽんするのは北村さんのクセだろうか。そういうのはやめてほしい。私にはそれがどうしたって、心地よく感じてしまうから。


「――来週は新居を見に行くのに、まだ連絡がない」

スマホを何度確認しても彼のメッセージがこない。それどころか既読すらつかない。

「仕事が忙しいのよね、きっと。私との結婚のために頑張って働いてくれてるんだから、こんなことくらいで文句言ったらダメ」

気を取り直して手帳をひらく。

ブライダルエステは来週から。少しでも綺麗になって挙式の日を迎えたい。あの純白のドレスを着て――

ふと顔を上げて鏡を見る。幸せそうにニヤける自分の姿があった。

「顔にしまりがなくなって困るなぁ」

鏡のなかの自分を見つめていると、次の瞬間、結婚式の当日になっていた。

憧れの真っ白いドレスを着て部屋にいる私は、鏡の前で彼が迎えにくるのを待っている。

「……遅いなぁ。まさか今日も仕事で忙しい、なんて言わないわよね？」

待ちくたびれた私は部屋から廊下に出てみる。

少し離れた場所に、タキシードを着た彼がいた。なぜか隣に白いドレスに身を包む女性が寄り添っている。ふたりはこちらに背を向けて、楽しそうに会話しながら歩みを進めていた。

「ねえ、何してるの？　それ、誰？　ちょっと待ってよ、ねえ！」

必死に追いかけるが追いつかない。廊下が長いわけではないのに、彼らはどんどん離れていく。

「何してるの？　ねえ、ねえってば……！」

やっと気づいた彼が、顔だけこちらを振り向いた。

「ああ、星乃か。悪いけど俺、この子と結婚するんだ。こっちで式挙げるから」

「なっ、何言ってるの!?　私と結婚するんでしょ？　皆が待ってるから早く――」

「じゃあな。元気で、星乃」

「は？　冗談はやめてよ、ちょっと待って！」

彼に手を伸ばした私は自分のドレスの裾をふんづけてしまい、その場ですっ転んだ。

「……わあっ！」

――がばっと起き上がる。

目の前の白い漆喰壁《しっくいかべ》に朝日があたっていた。私がいるのは式場の廊下の床ではなく、布団の上だ。

「あ、夢……？」

心臓がドクドク鳴っている。絶望感に打ちひしがれそうになりながら、どうにか状況を把握した。

「そっか。夢だよね……夢」

私はあの男にとっくにフラれ、婚約を破棄されたんだ。

大きく深呼吸をする。部屋を見回した。

ここは傷心の私が引っ越してきたシェアハウス。結婚式場ではない。

「馬鹿みたい。あーあ、もう！」

布団の上に寝転がる。まだ蒸し暑い九月下旬の朝。なのに背中を流れているのは冷や汗だ。

目をつぶってもなお、まぶたの裏にリアルに再現される、彼の隣にいた女性が気になっていた。誰かに似ていたような気がする。あの後ろ姿は……

「だからっ、これは夢なの……！」

再び起き上がり、私は頭を左右に振った。

あんな男のことは、とっくにどうでもよかったはずだったのに。心のどこかで吹っ切れていない自分がいるのだろうか。そう思うと気が滅入ってくる。朝からどっと疲れた。

シェアハウス生活が始まって、ちょうど一か月が経とうとしている。

「あ、加藤さん、おはよう！」

階下に下りると、リビングにいた十和田さんが私に挨拶《あいさつ》をした。出勤前らしい。

「おはよう。他の皆はまだ？」

「多分、部屋にいると思うよ」

無職の私は自由な時間に寝起きしているから気楽なものだ。なんて思いながら、キッチンでインスタントコーヒーを淹《い》れる私のところに十和田さんがきた。

「ねえ、加藤さんって彼氏いるの？」

いきなり尋《たず》ねられてカップを落としそうになる。

「え、いないよ。十和田さんは？」

動揺を悟られないように笑顔で返した。

婚約破棄のことは言えないし、北村さんのことは秘密にしておかなければ。

「彼氏がいたらシェアハウスなんてこないか。私は……別れたばっかりなの。不倫して別れて、仕事変えたんだ」

かわいらしい見た目からは想像がつかないハードなことを語られ、どう答えていいかわからず、私はそそくさと沸いたお湯をカップに入れた。

「だから早く次の恋に行きたいんだよね。北村さん狙《ねら》っちゃおうかなー。爽《さわ》やかイケメンだし、社長だし、真面目っぽいし」

「こ、ここは恋愛禁止なんじゃ……！」

とんでもないことを言い出す十和田さんのほうを向く。十和田さんが北村さんを、と思うだけで全身がこわばった。

「冗談よ、冗談。そんな泣きそうな顔しないでよ、加藤さん」

「なっ、泣きそうになんてなってないよ」

「そうかな～？　もしかして北村さんと何かあるの？」

「……何もないよ」

からかうように笑う彼女の横を通り、リビングに入る。そこで私はまたもコーヒーカップを落としそうになった。

「おはよう、加藤さん」

Tシャツにハーフパンツを穿《は》いた北村さんがいたのだ。髪はぼさぼさで、寝起きのようだった。

「お、おは、おはよう」

心臓が飛び出しそうにドキドキしている。まさかいまの話――

「噂をすれば北村さん、おはよう」

「何それ、十和田さん」

北村さんが頭を掻《か》きながら大あくびした。聞かれていなかったことにホッとする。

そこへスーツ姿の石橋さんが現れた。彼は会社へ行く支度を終えている。

「加藤さん。俺、今夜早く帰れるよ」

「うん、わかった。下ごしらえして待ってるね」

石橋さんの言葉に私は頷《うなず》き、ソファに座った。

この一か月、私と石橋さんのペア、北村さんと十和田さんのペアで交代で食事を作っている。石橋さんは意外にも料理が上手だった。私も結婚のためにわざわざ料理教室に通ったことが功を奏し、頼られている。

「この短期間でずいぶん仲よくなったんだね、おふたりさん」

北村さんが言いながら、ソファのななめ前にどかっと座った。

「そりゃ、一緒に食事作ってればそうなるだろ。加藤さん、料理上手だから教わることが多いし」

「それは石橋さんだよ。手際よくて驚いたもん。なんでも上手——」

「加藤さん、今日これからヒマ？」

私と石橋さんの会話に、北村さんが割って入る。その場にいる皆の会話が止まった。

「えっ？　私はヒマだよ、いつでも」

「ははっ、そうだよな。じゃあちょっと付き合ってよ」

「でも北村さん、今日お仕事は？」

笑われて一瞬かちんときたけれど、平静を保って返事をする。

「休みだからいいでしょ。一緒にきて」

「……わかった」

「じゃ、あとでね」

言いながら、北村さんはソファを立ち上がった。

(この強引さはなんなの？　私、何かいけないことでもした……？)

「わかりやすいな、北村さんは」

部屋へ入る北村さんを見届け、石橋さんがぼそっと言う。

「あー北村さん、そういうことなのね。じゃあ、やめておこっと」

十和田さんもため息交じりに呟《つぶや》いた。

「そういうことって？」

意味がわからず彼らに尋《たず》ねるが、ふたりはニヤリと笑うだけだ。

「そういうことは、そういうことだよ。私は仕事に行ってきまーす」

「やべっ、俺も行かないと！　直行直帰だから油断してたわ。いってきます！」

「いってらっしゃい」

バタバタと急ぐ彼らを見送り、私はリビングでぬるくなってしまったコーヒーを飲んだ。

朝食のパンを食べ、支度をする。十時半に玄関で北村さんと待ち合わせをした。

彼は紺色《こんいろ》のTシャツにジーンズ姿。私も紺色《こんいろ》のTシャツにデニムのスカートを穿《は》いていた。おそろいのように見えてなんとなく気まずい。

デニムの後ろポケットに財布を突っ込みながら、北村さんがスニーカーに足を入れた。

私も下駄箱からスニーカーを出す。ますますおそろいっぽいけれど、しょうがない。

「ねえ北村さん。どこに行くの？」

木の引き戸をガラリと開けた北村さんに尋《たず》ねる。いつの間にか曇《くも》り空になっていたせいだろう、意外にもひんやりとした秋の空気が玄関に入り込んできた。

「たい焼き」

「……え？」

「約束したじゃん。今度行こうって」

「あ、そういえば、そんなこと言ってたっけ」

「忘れてたのかよ、ショックだなぁ」

苦笑した彼が引き戸に鍵をかける。ふたり並んで、てくてくと路地を歩いていき、大通りに出た。通り沿いに進むと、遠くからでも店の前に行列ができているのが見える。

「もうあんなに並んでるのか」

「すごい人気店だよね。食べるのが楽しみ」

「俺も楽しみだ」

嬉しそうに笑いかけてくるので、私も笑顔を返す。私と石橋さんの会話に入ってきた時は不機嫌そうに感じたけれど、気のせいだったようだ。

行列の最後尾に並ぶ。私たちの前に十人以上の人が待っていた。

このたい焼き屋は老舗《しにせ》の人気店だ。店内で食べられる場所はなく、全員が持ち帰り。それでも毎日人が途絶えることはない。どんな味なのか早く味わってみたい。

「ねえ、加藤さん」

「ん？」

「今朝、何かあった？」

前に進みながら彼が聞いてきた。

「え、どうして？」

なんのことかわからず、私は首をかしげる。

「いや、加藤さんの顔色が悪かったような気がして」

「あ……」

そういえば今朝、イヤな夢で目が覚めたのだった。

結婚式の当日だというのに、彼がウェディングドレス姿の別の女性と一緒にどこかへ行ってしまうという、最悪の夢。

一緒にキッチンにいた十和田さんには気づかれなかったのに……よく見ている。

「北村さんは夢を見たりしない？」

「夢は見るけど、なんの夢？」

「……なんでもない。心配かけてごめんなさい」

香ばしい匂いがだんだん近づいてくる。

「もしかして元カレの夢でも見た？」

胸がずきっと痛んだ。

「う、うん。まぁ、そう」

「いまでも夢、見るんだ？」

「どうでもいいはずだったのに、彼の夢を見てしまった自分に嫌気が差してる」

心の底では未練がましくしている自分がいるのかと思うと、考えるのもイヤになる。

「俺はもう元カノの夢は見なくなったよ」

「そう、なの？」

もしかしたら北村さんも見ているかもと思ったのに違った。軽くショックを覚えた私は、小さくため息を吐《つ》きながらお財布の用意をする。

「あの日まではよく見てたけど」

「あの日？」

「加藤さんに出会った日だよ」

私の顔を見た北村さんが優しく微笑《ほほえ》んだ。

「俺、加藤さんに救われたんだ」

胸がきゅんと痛くなったと同時に、大通りを行く車がパパーッとクラクションを鳴らした。一瞬、時が止まったかのように私の体が動かなくなる。

「それは――」

「はい、いらっしゃい。おいくつで？」

たい焼きを受け渡す人が私たちに聞いた。ガラス戸の向こうでは、せっせとたい焼きを焼く職人さんがいる。

「あ、ふたつください」

「はい、ふたつ！　少々お待ちくださいね～」

——それは、私のセリフなのに。

男なんて皆同じ。元カレとあんなことになってしばらくは、そう思っていた。北村さんだって「女なんて皆同じ」と思っていただろう。

なのに、慰《なぐさ》めてくれた。あの夜、私のために精いっぱい自分をぶつけてくれた。それによって私は救われたんだ。

……ああ、そうだった。私、彼に会ったら言いたいことがあったんだ。「私はあなたに救われました」って。

でも先に言われてしまったら、伝えるタイミングを見失ってしまった。

◆◆◆

たい焼きを受け取った俺たちは、近くの根津神社《ねづじんじゃ》へ行くことにした。

「俺、もう食っちゃっていい？」

待ちきれずに加藤さんに聞く。彼女もたい焼きの袋を見つめて頷《うなず》いた。

「私も、ちょっとだけ食べちゃおうかな」

「よし、いただきますっ」

「私もいただきます」

焼きたてのたい焼きに頭からかぶりつく。

「あっつ……！　うわ、うまっ」

「皮がパリッパリだね、おいしい！」

あんこがたっぷりのたい焼きは皮が薄く、パリパリだ。熱々のあんこが甘すぎず、とても旨《うま》い。

一度食べ出したら止まらなくて、俺たちは神社に着く前に、全部たいらげてしまった。これだけ旨《うま》いのだから行列ができるのも納得だ。もう一個買えばよかったと少々後悔した。

おいしかったと何度も嬉しそうに笑う加藤さんの横顔を見つめる。石橋さんと彼女が会話していた光景が甦《よみがえ》った。

この、加藤さんを独り占めしたいという感情に、シェアハウスが始まって一か月の間、俺はずっと振り回されている。

自分の感情を持て余しながら、文豪に愛された神社として有名な国の重要文化財である根津神社に到着した。

大きな鳥居をくぐり、立派な赤い楼門《ろうもん》を通る。集まった鳩《はと》たちが境内《けいだい》をのんびりと歩いていた。保育園の子どもたちが先生と一緒に楽しそうに遊んでいる。

手水舎《ちょうずや》で手と口を清めた俺たちは、唐門《からもん》をすぎて拝殿の前へ行く。総漆塗《そううるしぬ》りの華麗な建物が素晴らしい。

参拝を終えた俺たちは境内《けいだい》をぐるりと歩いた。巨大な銀杏《いちょう》の木が何本もある。秋が深まれば素晴らしい紅葉が見られるのだろう。またこんなふうにふたりでこられるだろうか。

そう考えているうちに、紅《あか》く、小さな鳥居が連《つら》なる場所にたどり着いた。

「乙女稲荷神社《おとめいなりじんじゃ》？」

加藤さんが呟《つぶや》く。どこまで続いているのかわからないが入ってみることにした。

「へえ、京都の伏見稲荷大社《ふしみいなりたいしゃ》みたいだな。小さいけど」

「うん、小さくてかわいい」

鳥居をくぐる俺のあとを、彼女がついてくる。連なる鳥居の下はゆったりとした上り坂になっていた。

先ほどの拝殿が近いはずなのだが、ここは人が少なく静かだ。木々が深く生い茂り、土の匂いが濃い。木々の間を鳥がバサバサと飛び去った。

奉納された鳥居に囲まれた空間はどこか神秘的で、別世界にいざなわれていくような気持ちにさせられる。

「ここが神社か？」

「そうみたいね」

まだ先に鳥居は続いているが、木々の生い茂る側に社《やしろ》があった。鳥居同様、神社も小さい。

賽銭箱《さいせんばこ》に小銭を投げ入れ、ふたりでお参りをした。

振り向くと、そこは境内《けいだい》を見下ろせる位置だ。張り出された場所から周りを眺《なが》める。

「ここ、素敵」

「ああ、そうだね」

紅葉前の緑が美しい。彼女の髪が秋風に揺れる。いつの間にか俺は加藤さんから目が離せなくなっていた。

雲間から覗《のぞ》く柔らかな日ざしが彼女を照らす。我慢できずにそっと近づいた。

俺の気配に気づいた加藤さんが驚いた顔をしてこちらを見る。その表情がとてつもなく、かわいい。

「……何?」

「ついてる」

彼女に、触れたい。気持ちに歯止めがかからず、俺は咄嗟《とっさ》に嘘を吐《つ》いた。

「え？　ついてる？」

「あんこ、口の横に」

「ほんと？　やだ……！」

慌てた加藤さんは自分の口もとに手を伸ばす。その手を、ぐっと掴《つか》んだ。同時に俺はメガネを外す。

「えっ」

避ける間を与えない素早さで、彼女の口の横をぺろりと舐《な》めた。

「取れたよ。……甘かった」

呆然としている加藤さんに、含み笑いを送る。その顔はみるみる赤く染まっていき、彼女の動揺を伝えてきた。

俺は加藤さんの手を放し、まだ先へ続いている鳥居のほうへ歩き始める。彼女もすぐについてきた。

しばらく続いた乙女稲荷神社の鳥居を抜け、根津神社を出て大通りに戻った俺たちは、横断歩道を渡って根津駅と反対方面へ向かった。

古い店と新しい店が混在する町を、老若男女《ろうにゃくなんにょ》が行き交っている。外国人観光客の姿もあった。

「このへん、いろんな店があって便利だよな」

「……うん」

「どうした？」

曖昧《あいまい》な返事をする彼女の顔を、わざと覗《のぞ》き込む。困り顔すらかわいくて、また近づきたくなった。

「べっ、別に」

「あ、そう」

まずいな、これは。俺はもうずっと前から、加藤さんのことが気になって仕方がない。シェアハウスに参加することにしたのも、シェアハウス内を恋愛禁止にしたのも、加藤さんがいるからだ。

加藤さんのそばにいたい、シェアハウスで同居することになる他の男に彼女を取られたくない、と思ってしまったせいだった。いままでは仕事に私情を挟むことなど考えられなかったのに、ナチュラルにこういう行動に出てしまった自分が信じられない。

悶々《もんもん》と考えている俺の隣で、彼女もまた黙っていた。

唇の横にキスしたことを怒っているのだろうか。しかし本気でイヤがっているのなら、先にシェアハウスに帰っているはずだ。と、都合よく思うことにした。

しばらく散歩をしているうちに、どうやら谷中まできてしまったらしい。ちょうど腹が減ってきた。

「昼メシ食おうよ。そばとかカツ丼が食いたいなー。加藤さんは？」

「……私は」

きょろきょろと周りを見回した彼女はレトロな建物を指さした。

「あそこがいい」

「喫茶店？」

古い日本家屋の入り口に「コーヒー」の看板が掲《かか》げられている。カフェではなく純喫茶のようだ。

「ホットケーキとかプリンアラモードとか、そういうのが食べたいの」

「え、まだ甘いもん食うの？」

「うん、食べたい」

たい焼きを食べたばかりで、まだイケるのか。彼女がそうしたいならかまわないが。

「じゃあ、行こう」

レトロで雰囲気抜群の店内に入るとコーヒーの香りが鼻をくすぐった。席は二階にもあるようだ。

意外と混んでいることに驚く。もしかして有名店なのかもしれない。客の回転はいいようで、すぐに一階奥の席へ案内された。メニューを見た俺は、充実したランチセットに心を躍らせる。

「俺、ランチの豚の生姜焼《しょうがや》きセットと……単品で卵サンド食っていい？」

この喫茶店は軽食メニューが豊富だったのだ。ランチは腹に溜まりそうなものがいくつかあり、嬉しい。

「たくさん食べるのね」

「歩きまわったら腹減っちゃって。卵サンドはシェアしようよ。加藤さんは、甘いのだけなんでしょ？」

笑いかけると、彼女は眉を下げて申し訳なさそうな顔をした。

「……私も、ランチセットにする」

「いいんじゃない。甘いのは食後にすればいい」

注文を取りにきた店員へ、俺は豚の生姜《しょうが》焼《や》きランチと卵サンドを、加藤さんはハヤシライスのランチセットを注文した。

「北村さん、ごめんね。意地悪言って」

水の入ったグラスを両手で掴《つか》みながら彼女が言う。

「意地悪？　なんで？」

「平気な顔してるから、なんだか悔しかったの。だから北村さんがおそば食べたいって言ったのに、わざと喫茶店がいいだなんて」

「悔しいって……もしかして、たい焼きのあんこの件？」

加藤さんがぎゅっと口を引き結んだ。……図星か。

「加藤さん、俺が嘘吐《つ》いてると思ってない？」

俺はメガネの真んなかを押さえながら、彼女の瞳をじっと見つめる。俺がどういうつもりであんなことをしたのか微塵《みじん》もわかっていなさそうだ。だからつい、意地悪を言いたくなった。

「嘘？」

「本当はあんこなんてついてなかった、とか思ってそう」

「なっ、それどういう意味――」

「お待たせいたしました」

いいタイミングでランチセットが運ばれてきた。湯気を立てる生姜焼《しょうがや》きとハヤシライスがテーブルに置かれる。卵サンドはゆで卵をマヨネーズで和《あ》えたものではなく、甘い卵焼きがはさんであるものだ。

食事がきたら話を中断せざるを得ない。俺を追及したそうな加藤さんは、渋々いただきますをした。

「うまっ、なんだこれ」

「こっちも、おいしい」

生姜焼《しょうがや》きを食べた俺の感想とともに、彼女も思わずといったふうに声を上げた。

生姜《しょうが》の風味がほどよく溶け込んだ醤油《しょうゆ》味の豚肉は、驚くほど柔らかい。炊きたてのごはんも味噌汁《みそしる》も、添えられた漬物まで全て旨《うま》かった。

加藤さんは蕩《とろ》けそうな顔でハヤシライスを頬張っている。どうやら機嫌は直ったようだ。

「ここにしてよかったな」

「ほんとにそう思ってる？」

「うん。加藤さんの意地悪が役に立った」

ニヤリと笑いかけると、彼女の顔が真っ赤になる。

もし俺が「本当は何もついてなかったんだよ」と言ったら、今度はどんな表情をするだろう。

そもそも、普通はわざわざあんこを取るために舐《な》めたりしない。そんなことをした意味を俺に聞きたいと思いつつ、彼女は知るのをためらっている……？

などといろいろ想像するだけで気持ちが高揚した。いけないな、これは。……非常にいけない。

加藤さんと一緒にいるのが楽しい。ふたりだけになりたい。他の男と仲よくしているのが気に入らない。これらを分析するまでもなく――

「このへんはいいね、やっぱり」

「私も住んでみるまで知らなかったけど、いいところだと思う」

食後のコーヒーを飲みながら彼女が微笑《ほほえ》んだ。

――俺は加藤さんを好きになりかけている。いや、既《すで》に……好きになっている。

その笑みも全部、自分だけに向けてほしいなどと思い始めている。

しかし、シェアハウスは恋愛禁止と言い出したのは、この俺だ。自分で自分の首を絞めることになるとは考えもしなかったが。

俺もコーヒーを飲み、気持ちを落ち着けるために話題を変えることにする。

「今回シェアハウスを始めたのは、以前から行われているプロジェクトの一環なんだよ」

「以前から行われている？」

「そう。シェアハウスの企画は、海猫ハウジングが『古民家再生プロジェクト』のために始めたことなんだけど」

「うん」

「海猫ハウジングの社長は、別の場所にある古い町屋造りの建物のリノベーションをして、そこを商業複合施設として貸し出しているんだ。もうすぐ一年経つ」

「海猫ハウジングのホームページに載っているところ？」

「そう、それ。あっちは、リノベーションした古民家が店として使えるかどうかを、使っている人たちがモニタリングしてるんだ。で、こちらのシェアハウスは住居として使いやすいか、どういう効果をもたらすかを知ろうという企画なんだ。両方とも今後の古民家再生プロジェクトに、大いに役立つからね」

複合施設は、ほぼ成功していると言ってもいい。他の不動産会社も目を付け始めている。こういう計画が増えていけば、うちのような主にリノベーションの依頼を受けている会社の業績向上にも繋がっていく。

「北村さんって……」

「ん？」

「本当に社長なんだなぁって。普段は全然そんな素振り見せないから、すごいと思って」

感心されたのは嬉しいが、まるで意識されていないという感じで、少々複雑だ。

「俺、本当にたいしたことはしてないし、社長には見えないよね」

「そうじゃなくて、社長だからって偉そうにしてないし、いつも自然体だから、シェアハウスのメンバーも気を使わないで済んでるって気づいたの。北村さんってすごいなって、しみじみ思った」

加藤さんは目を輝かせ、身を乗り出す勢いで語る。

「そうかな」

「会社の代表だもの。たいしたことはしてないなんて、絶対にそんなことない」

「……ありがとう」

小さい会社だが、俺は自分の仕事にやりがいを感じ、誇りを持っている。

それを認め、一生懸命俺に伝えてくれる気持ちそのものが、嬉しかった。そんな彼女の顔を見ていたら、ふと思いついたことが口を衝《つ》いて出る。

「加藤さん。この先何か……仕事とか決まってる？」

「え、ううん、まだ何も。このままでいいとは思ってないんだけどね」

表情を曇《くも》らせた彼女が苦笑する。

シェアハウス面談の加藤さんの資料には、婚約破棄されたと同時に職を失ったと書かれていた。大方、元婚約者に仕事は辞めて家に入れとでも言われたのだろう。無責任な男だ。

「じゃあさ、俺の会社にきません？」

「きません、って？　何をしに行くの？」

「遊びにくるわけじゃなくて、俺の会社で働かないかってこと」

「え……」

「実は留守番してくれているパートの人が辞めるんだ。旦那さんと田舎《いなか》暮《ぐ》らしするらしくて。それほど特別なことをしてもらっているわけではなかったんだけど、いないと困るんだよね」

加藤さんは複雑な表情で俺を見つめている。まだ働く気になれないかもしれないが、俺は彼女を誘った。

「加藤さんがきてくれれば助かる」

姿勢を正して彼女にもう一度言う。

「まぁ、毎日ヒマでしょうがないようだったら、少し考えてみてよ」

「……うん」

俺は加藤さんのおかげで暗い気持ちから抜け出せ、救われた。しかし彼女はまだそこから抜けきれていないように見える。元カレの夢を見て嫌悪感に苛《さいな》まれる彼女を見るのは俺もつらい。

早く元気になるためのきっかけとして、仕事をしてみたらどうか。そう思って提案した。そこに下心がない、と言えば嘘になるかもしれないが……

「北村さん、スマホ鳴ったよ？」

彼女の言葉で我に返る。俺は慌ててテーブルに置いていたスマホを取り上げ、メッセージをひらいた。北村建設社から仕事の連絡だ。先日の新興住宅地開発の件で呼び出された。

「ごめん、仕事が入った。行かないと」

「大変だね、頑張って」

「夕飯までには帰るよ。これ、払っとく。付き合ってくれてありがとう」

伝票を手にして立ち上がると、彼女が焦《あせ》って手を伸ばしてくる。

「えっ、ダメだよ」

「じゃあ今度、加藤さんが奢《おご》って。お先に」

ありがとう、と加藤さんが困ったように笑う。今度また一緒にきてくれる気があるのかと期待しながら、俺は会計に向かった。

◆◆◆

北村さんとたい焼きを食べてから間もなく、私はノースヴィレッジアーキテクツで働き始めた。いつまでもぶらぶらしているわけにはいかないと、一念発起《いちねんほっき》したのだ。

会社は根津駅から地下鉄で数駅の場所にある。代表の北村さん、社員の内村さん、瀬《せ》戸《と》さんと中嶋《なかじま》さんの四人で構成されていて、全員男性の建築士だ。

皆、現場やクライアントさんの自宅に向かうことが多い。特に北村さんは関東以外の現場まで赴《おもむ》くことがある。彼が大変に忙しいことを、ここにきて初めて知った。

私の仕事は電話やメールの対応と処理、社にくる人の受付、そして社員から頼まれた書類の整理などだ。簡単ではあるが、件数が意外と多くて一日中忙しい。私の他に必ず誰かしら社員がいることになっているので、ひとりきりではないのが救いだ。

そうしてようやく仕事をこなせるようになってきた十一月初旬。出勤してメールの確認をする私に、北村さんが声をかけてきた。

「だいぶ慣れてきたみたいだね、加藤さん」

「ええ、まぁ。なんとか」

仕事は週に五日、九時から五時までだ。会社で北村さんと会い、シェアハウスに戻れば彼も帰ってくる。彼と一日中同じ環境にいることが自然に思えてくるから不思議だ。

「今日は皆、事務所にいるんだっけ？」

突然、北村さんが大きな声を出す。いまの時間に珍しく、全員そろっている。

「俺は夕方出まーす」

瀬戸さんがタブレットを見ながら右手を上げた。

「あとは皆いるから大丈夫か……」

ぼそっと呟《つぶや》いた北村さんは数秒思案してから、私の顔を覗《のぞ》き込んだ。

「加藤さん、今日これから現場にくる？」

「え、いいんですか？」

思わず弾《はず》んだ声が出てしまう。

ノースヴィレッジアーキテクツはリノベーションを主にしている建築事務所だった。今住んでいるシェアハウスがとても素敵なので、機会があるならぜひ現場の様子を見てみたいと思っていたのだ。

「ずっと事務所にこもってたら疲れるでしょ。見習いってことで、一緒においで」

「行きます！」

北村さんは皆に事務所をお願いし、私を外に連れ出してくれた。

空はどこまでも青く、鰯雲《いわしぐも》が浮かんでいる。

北村さんの運転する車に乗って一件目の現場へ向かった。

「久しぶりだね。加藤さんと一緒に出かけるの」

「そう、ですね」

あの根津神社以来だ。思い出した私の心臓が騒がしくなる。

「俺とふたりの時は敬語なしでいいよ。……たい焼き食って、根津神社に行ったのが最後か」

「……うん」

「あのたい焼き旨《うま》かったよな。また買って、今度はシェアハウスの皆で食べよう」

「そうね」

必要以上に北村さんを意識してしまい、鼓動が速まる。

あれはキスじゃない。口の横についていた、たい焼きのあんこを取ってくれただけ。

でも、あんこがついてたからって普通、あんなことをする？

（……だから、いつまでそのことで悩んでるのよ、私は）

北村さんは相変わらず平気な顔をしている。私だけがこんなにも動揺して、馬鹿みたいだ。

「着いたよ。ここは築三十年の住宅をリノベーションしてるんだ。俺の作業着とヘルメット貸すから……ええと、これ。危険な作業は大体終わってるんだけど、一応ね」

「……ありがとう」

初めての体験を前にしていること以上にドキドキしながら、私は彼に渡されたものを身につけた。


住宅地にある一軒の戸建てに、北村さんと入った。

玄関には広々とした土間と、大きなクローゼットが設置されている。これなら自転車やベビーカーを置いてもなお余裕がありそうだ。クローゼットのなかは、靴置き場はもちろん、洋服を掛けるハンガーや、幅広の棚がずらりと並んでいた。

電動のこぎりを使う音が奥から聞こえる。廊下の床板は真新しく、壁も綺麗に直されていた。隣のリビングらしい場所には、梱包《こんぽう》された巨大な板のようなものが置いてある。

私はのこぎりの音のするほうへ北村さんと近づいた。

「おはようございます、飯星《いいぼし》さん」

北村さんが挨拶《あいさつ》すると、板を切り落としていた年配の男性が手を止め、振り向いた。

「ああ、北村さん、おはようございます」

「ヨシミ工房からキッチンの無垢材《むくざい》届いてましたね」

「急にきて置いてったんだよ。北村さんには連絡入れたっつってさぁ。俺は知らねぇっての」

はーあ、とため息を吐《つ》いた飯星さんが私を見たので、見習いですと挨拶《あいさつ》をした。ほう、と飯星さんが目を丸くすると、北村さんが話を続ける。

「午後に届くと聞いたんですが、なんとなく朝にくるんじゃないかと思ってきてみたら、案の定」

「あそこの工房は腕は立つが、そういうところがなぁ。がつんと言ったほうがいいんじゃねぇの？」

「ですねえ」

ふたりが苦笑する。届いた無垢材《むくざい》というのは、さっき見た梱包《こんぽう》されていたものだろうか。

「北村さんがいるうちに、やっちゃいましょうか？　二階に佐野《さの》も連れてきてるんで」

「そのほうが早いですね、やりますか」

「おい、佐野お！　下りてこーい！」

飯星さんが声を張り上げる。すぐに階段を下りてくる音がし、タオルを頭に巻いた若い職人の男性が現れた。

「うーっす。あ、北村さん、おはようございます」

「おはようございます、佐野さん。アイランドキッチンに設置するテーブルの板をはめ込むんで、手伝ってください」

「オッケーです」

ガタイのよい佐野さんと飯星さんが、北村さんのあとに続く。北村さんはふと足を止め、私を振り返った。

「加藤さんは危ないから離れててね」

「あ、はい」

というわけで、私は遠目で彼らを見守ることにした。

リビングのすみにステンレス製のシンプルなアイランドキッチンがあるが、そこに板をはめ込むのだろうか……？

北村さんが梱包《こんぽう》を解くと、美しい一枚板の天板が現れる。どっしりした板は一部がカットされ、なんの木材かはわからないが、木のよい香りが私まで届いた。

天板の片側に脚を付ける。そして天板ごとひっくり返すために、男性三人が板に手をかけた。

「行きますよ、せえのっ！」

北村さんのかけ声で板が持ち上がる。

「くそ重てぇなっ！　怪我するなよ!?」

飯星さんが怒声を上げると、佐野さんと北村さんが頷《うなず》きながら踏ん張った。板は無事にひっくり返り、そこからキッチンへ移動させる。脚のないほうに佐野さんが、反対側に北村さんと飯星さんがつく。ふたりがかりなのは、脚がついている分重たいからだ。

「そっちが右です！　そう、そのまままっすぐ進んで、はめ込んでください！」

北村さんの指示で、アイランドキッチンに天板がはめ込まれた。脚のないほうをキッチンに直接載せると、キッチンからはみ出た側、すなわち脚がついている側がテーブルになる。一部分がカットされていたのは、シンクやガスコンロに合わせていたからだ。

「もうこっちにきていいよー、加藤さん」

「は、はい」

飯星さんと北村さんが、載せただけの板の側面にもう一枚板を張り、動かないように固定している。

「すごい……！　素敵です！」

感動が抑えられず、私は拍手しながら近寄った。

キッチン一体型のテーブルが見事に作られた瞬間だ。

「いいですね、ぴったりだ。さすがヨシミ工房」

「腕は立つんだよなぁ……ほんと」

北村さんと飯星さんが顔を見合わせ、ぷっと噴き出した。

「いや、北村さんのセンスと寸法の合わせ方がいいんだろうよ。使いやすそうじゃないか、大家族が座るのに」

「俺もこういうところで食事がしたいなあ」

感心する飯星さんと佐野さんの横で北村さんが嬉しそうに笑う。

そのあと北村さんは細かい指示を出し、次の現場に向かうため、私と一緒に家を出た。

再び彼が運転する車に乗り込む。

「次の現場は商店街にある店舗だ」

「なんのお店なの？」

「ラーメン屋だったんだが、世代交代でそこをカフェにしたいらしい」

「世代交代？」

「いい店だったんだけどね。継ぐ人がいないなら仕方ない、別の道でも再生できればいいと話し合って決めたそうだ」

「そういうこともあるのね……」

少し寂《さび》しい思いがした。

「ああ。だから俺たちは依頼人と何度も会って、話して、納得してもらってから計画を立てていくんだ。ただ新しく作り変えればいいってものじゃない。そこにはいろんな人の思いが残っている、つらいことも楽しいことも全部。それをふまえてこれからのためになるように、提案していかなくちゃいけないと思ってる」

彼の言葉が、表情が、私を捉《とら》えて離さない。

「だからこそ楽しいし、やりがいがあるんだ」

まっすぐ前を見つめる彼の横顔が輝いて、眩《まぶ》しい。生き生きと働く北村さんに、私……ときめいてる。

「シェアハウスの『古民家再生プロジェクト』は、ノースヴィレッジアーキテクツとしては初めての大仕事なんだ。海猫ハウジング直々《じきじき》にコラボの依頼があったからね。それまでは四人で地道に活動してたんだよ」

車が停車した。赤信号だ。

「若いメンバーなのに、すごいことだと思う」

「皆のおかげだ。俺ひとりじゃ無理だった。支えてくれる人たちがいるから、やっていけるんだ」

ふいに北村さんが私のほうを見るから、思わず顔をそらしてしまった。さっきから、とても息苦しいのだ。

「き、北村さんって、すごく忙しいよね。社長だからだろうけど」

「そんなことないよ」

「あるよ。だってしょっちゅう現場に行くし……東京や神奈川だけじゃなくて、遠くまで行く時もあるんでしょ？」

「……たまにね」

青信号に変わり、車が動き出す。街路樹の葉は黄色に染まり始めていた。

「今日はどうして、私を連れてきてくれたの？」

事務所にこもりきりの私に気を使ってくれたのはわかるけれど、本当はもっと違うところに意図があるような気がしたから。

「俺のちょっとカッコいいところを見せたかったから、かな？」

北村さんは前を見つめたまま、クスッと笑った。

「テレビの匠《たくみ》みたいでカッコよかったよ」

私は本気でそう思った。

「ははっ、あんなにはカッコよくないだろ。俺なんてまだまだひよっこだし」

「そんなことないよ、すごくカッコよかった」

「……ありがと、加藤さん」

北村さんの横顔が嬉しそうに微笑《ほほえ》む。胸がきゅんきゅん痛んで……ずっと治まらない。

その後、商店街での仕事をつつがなく終えた私たちは、会社に戻った。

ひと月半後、私はゆったりとコーヒーを飲み、朝の散歩がてら根津神社にお参りをした。大きな銀杏《いちょう》の木は金色に輝いたあと、その葉をすっかり落としている。

師走《しわす》の冷たい空気のなかでの参拝は、気持ちをきゅっと引き締めた。

シェアハウスのメンバーとつかず離れずの心地よい距離を保ちながら北村さんの会社で仕事を続けるうちに、私の心はいつの間にか安定していた。

心から元気になれたと、北村さんに伝えられそうな気がする。もう、大丈夫だからと。

今度ふたりきりになる時がきたら話してみようか――

抜けるような青空を見上げた私は、澄んだ空気を胸いっぱいに吸い込んだ。

散歩から戻った私は、近況をシェアハウス専用のブログに書く。最近はコメントがぽちぽちつくようになり、それが楽しみになっている。

今夜はシェアハウスのクリスマスパーティーだ。休日組の私と十和田さんで簡単な料理の準備をし、出勤組の北村さんと石橋さんがそれぞれチキンやケーキを買って帰ってきた。

リビングに集まって乾杯をする。チキンの丸焼きを取り分け、好きなおかずやお酒を味わい、各々《おのおの》の仕事や趣味《しゅみ》の話などで盛り上がった。

「皆は年末どうすんの？　俺は実家も都内だから、帰らないでここにいるつもりだけど」

そろそろケーキを食べようかというところで、チキンを平らげた北村さんが皆に問いかける。

「俺は帰るよ」

「私も帰る。石橋さんはどこだっけ？」

答える石橋さんに、十和田さんが続く。

「北海道だよ」

「え、私も北海道。同郷だったんだ？」

「マジか、知らなかったな。いつ帰るの？」

ふたりがお互いに目を丸くしている。

「私は二十八日に羽田《はねだ》から帰るよ」

「俺も二十八日だけど……まさか同じ飛行機だったりして。それはないか」

スマホで確認した石橋さんが、十和田さんに画像を見せる。十和田さんも自分の乗る飛行機を確認して声を上げた。

「同じ便で、座席も隣って嘘でしょ⁉　こんな偶然ある⁉　ほら見て！」

十和田さんのスマホを一斉に覗《のぞ》き込むと、日にちも時間も本当に同じだ。

「十和田さん、俺と付き合ってください」

「……はい？」

突然の告白に十和田さんが呆れた声を出す。私と北村さんも勢いよく顔を上げた。

「俺、こういう偶然に運命感じるタチなんだ。……ああ、でもシェアハウスは恋愛禁止だからダメか。なら、モニター期間が終わってここを出たら俺と結婚を前提にお付き合いしてください」

「何を、堂々と、み、皆の前で」

「俺のお気に入りの文房具あげるから、ね？」

「いっ、意味わかんない……！」

十和田さんの顔が真っ赤だ。イヤそうには見えないし、もしかして彼女もまんざらでもない？

（石橋さんと十和田さんがうまくいきそうなことに……私、どうしてホッとしてるんだろう）

「そういうことで、考えておいてね、十和田さん」

石橋さんの言葉で我に返る。北村さんが手をぽんと叩いた。

「その手があったか！」

彼は結構酔っているみたいだ。シラフだったら、石橋さんの発言をたしなめるはず。

「その手ってなんだよ、北村さん」

「いや別に。そろそろケーキ食べよう」

「そ、そうだね、そうそう、ケーキ食べよう！」

返事をごまかすようにそそくさとキッチンへ立った十和田さんが、ケーキ用のナイフを持ってきて切り分けた。

ここにきた当初、彼女は「北村さんを狙《ねら》っちゃおうかな」と言っていたのだ。それ以降、話題にすらならなかったし、彼女が北村さんに言い寄ることもなかった。それでも、ずっと私の心のなかに引っかかっていたらしい。だから私は彼女が石橋さんにまんざらでもないことにホッとしたのだ。ということは、私は北村さんのことを……

「加藤さんも実家に帰るの？」

「えっ、うん。私はここから近いけど、帰るよ」

北村さんに話題を振られて私の心臓が飛び跳ねる。

「じゃあ年末は俺ひとりか、寂《さび》しいな」

北村さんの言葉にいちいち動揺するのも、振り回されるのも、気になってしょうがないのも、そして仕事をしている姿にときめくのも……彼を、好きだから？

「北村さんも帰省すればいいのに」

お皿に載せたケーキを皆に配りながら、十和田さんが言う。

「帰っても家族はハワイ旅行で誰もいないんだ」

「へぇ優雅だね。もしかして北村さんってお坊ちゃんなの？」

「違うって」

彼の笑顔に頬が熱くなる。目を落とすと、私のケーキにはマジパンで作られたサンタが載っていた。生クリームとスポンジを口に入れる。ふわふわのそれはたちまち舌の上で溶けた。

おいしいのに、なんだか泣きたくなる。

石橋さんが言っていたように、シェアハウスは恋愛禁止。それを決めたのは北村さんだ。

彼が私と恋愛関係になることはないとわかっていたのに、いつの間にか好きになっている。私はどうすればいいのだろう。

隣に座る北村さんの横顔をチラリと見た。ケーキを頬張った彼が、ぺろりと唇を舐《な》める。

フォークを持つ手や、組んだ脚、私の腕に触れそうな肘《ひじ》、揺れる髪。それらが視界に入るだけで、ケーキよりも甘く、苺《いちご》よりも酸《す》っぱい切なさが胸に広がっていったのだった。

実家のポストには、数枚のチラシと通販の雑誌、そして手紙が入っていた。私はそれらを掴《つか》んで、玄関ドアへ向かう。年末の今日は冷たい風が吹きすさび、朝からとても寒い。

「ただいま」

家のなかに入ると、ほんわりとした暖かさが私を迎えてくれた。ホッと息を吐《つ》くのと同時にリビングから母が出てくる。

「お帰り、星乃。寒かったでしょう？」

「うん、すごい寒いね、今日」

「お父さん、コンビニ行っちゃってるのよ。すぐ帰ってくるから。春乃はお友達とお出かけよ」

「そうなんだ。ポストに手紙きてたよ」

「ありがとう。年末に誰かしら？」

母に渡す前に封筒を確認した。真っ白い綺麗な封筒に丁寧な筆文字だ。

「あ、秀ちゃんからだよ。これって結婚式の招待状じゃない？」

従弟《いとこ》の秀ちゃんは、春頃に結婚すると聞いていたので多分そうだろう。招待状を母に渡し、靴を脱ぎながらもう一枚の手紙を見る。

「こっちは私宛《あ》て……？　誰だろう」

「あら秀ちゃん、青山で挙式だって。オシャレして行かなくっちゃ、ふふ」

母の言葉よりも、私は手もとにある手紙の差出人に神経を集中させていた。

「……鶴田《つるた》えつ子？」

鶴田といえば、退職した会社の後輩しか知らない。確か「えつ子」という名前だったと記憶している。けれど、手紙を送り合うどころか、スマホで連絡すら取ったこともない関係だ。それがどうしてわざわざ私に手紙を……？

「星乃、どうしたの？」

「う、ううん。前の会社の後輩から手紙がきてたから、ちょっと部屋で読んでくるね」

なんとなくイヤな予感がした。

「あったかいお茶淹《い》れておくわよ。紅茶がいい？」

「緑茶でいい」

私は笑ったはずなのに、顔が引きつっている。

鶴田さんは私の四歳年下の後輩だ。社の受付をしていた彼女は男性社員にとても人気があった。ただ、当時私は総務にいて、彼女とは事務的な言葉を交わす程度の仲だった。

彼女がなんの用だろう。なぜか手紙を持つ手が震えている。

前に見た夢の、ウェディングドレスを着ていた女性の後ろ姿が、鶴田さんにそっくりだったことに気づいたのだ。いや、あれは、夢だ。そんなことはわかっている。わかっているのに。

私は二階の自室に入り荷物を床に置いた。久しぶりの部屋の匂いを吸い込んで心を落ち着かせる。

封を開けると便箋《びんせん》ではなく一枚のハガキが出てきた。ハガキの宛先《あてさき》も私の名前だ。

「……え？」

どくん、と心臓が大きな音を立て、息苦しくなった。

封筒の差出人は鶴田さんだけだったのに、ハガキの差出人はふたり分の名前が記《しる》されている。

鶴田さんの隣によく知る男性の名前が並んでいた。私の……元カレだ。

ハガキを裏返すと、フリルのついた帽子を被り、おくるみに包まれた赤ちゃんが写っている。小さな文字の文章が目に飛び込んだ。

「――十一月に生まれた、私たちの……子ども、です……」

音読する声が震え、膝《ひざ》がガクンと折れる。かっと熱くなった頭とは対照的に、体に悪寒《おかん》が走る。

「ごぶさた、していま、す。やはり加藤さんには、ご報告したほうがいいかと、思いまし、た」

頭のなかは混乱しているのに、読むのをやめられない。

「ご都合がよろしければ、私たちの、門出をぜひ、ご覧いただきたく……、来《きた》る、三月の、結婚式二次会にご参加を――」

自分の声が遠くに聞こえる。

（赤ちゃんが、生まれた……？　彼の好きな人って鶴田さんだったの？　いつから？

まさか、彼女の妊娠を知って私と別れた……？）

元カレは営業、私は総務、鶴田さんは受付。私たち三人は同じ会社で、彼女は私と彼が結婚することを知っていた、はず――

がんがんと頭が痛んだ。喉が渇く。手のひらに汗が滲《にじ》む。彼と別れたあの日と同じだ。

でもここに、苺《いちご》パフェはない。指輪だってない。

（指輪はどうしたんだっけ？　ああ、売ったんだ。そうそう、あんなものいらないって、新宿まで行って――）

「は、はは……何これ」

乾いた笑いしか出ない。また、泣けない私に戻っている。

もう大丈夫だと思っていたのに。これじゃあ私、秀ちゃんの結婚を心からお祝いできないじゃないか。だからといって、こんなこと親には絶対に言えない。

「……なるほど、そういうこと、ね」

私の両親に知られたら大変なことになるかもしれない。だからわざわざハガキを封筒に入れて、差出人に彼の名前は記《しる》さなかったんだ。

こんなみっともないことを私が親に告げるわけがないと、鶴田さんは思ったに違いない。

「はは、舐《な》められてるなー。……そろそろお父さん、帰ってくるよね」

ここに、いたくない。

「どうしよう」

といっても、私には選択肢がひとつしかないわけで――

私は床に置いたボストンバッグを持ち上げ、そのなかにハガキの入った封筒を突っ込む。そして部屋を出て一階に下りた。

「お母さんごめん！　私、シェアハウスに戻るね」

「何？　どうしたのよ」

玄関で靴を履く私のところへ母が寄ってくる。

「ちょっとやり残したことがあったの。お父さんにもよろしく言っておいて。あ、これお土産《みやげ》。根津のおいしいおせんべい、食べて」

口は動いているのに、会話している実感がまるでない。婚約破棄をされたあとの私の状態と同じだ。

「星乃、顔色が悪いわよ？　何かあったの？」

どうしても母と目が合わせられない。

「別に何もないよ。外が寒かったから、顔色が悪く見えたんでしょ」

「お茶くらい飲んでいけばいいのに」

「ごめん。急いで戻らないといけないんだ」

極力不自然な笑顔にならないよう、笑って顔を上げた。でも母は真顔で私を見つめている。悟《さと》られたかもしれない。それでもいまは、いまだけは気づかないフリをしていてほしいと祈る。

「じゃあ」

「気をつけてね。一日《ついたち》には戻ってらっしゃいよ」

母に手を振り、家を出る。肩に掛けたボストンバッグがやけに、重たかった。

根津駅で地下鉄を降りた私は、シェアハウスと反対方向の商店街に寄ることにした。

年末の商店街は、お正月に向けて活気づいている。まだ二十八日だというのに年越しそばや、つきたてのお餅《もち》が、あちこちで売られていた。

十和田さんと石橋さんは北海道の実家へ帰っている。だからシェアハウスには北村さんしかいない。ふたりきりはなんとなく気まずくなるとわかっていても、実家にいられない私はそこへ戻るしかなかった。

とりあえず夕飯の食材とお酒を買い込み、路地を急ぐ。

日は瞬《またた》く間に落ち、冬の夕暮れが私を心細くさせた。葉の落ちた木々の枝は黒い影絵のよう。細い針《はり》に似た枝は、触れた途端にぽきんと折れそうだ。こんな寒さを野良猫たちはどこでしのいでいるのだろう。

しんしんと冷え込む空気に震えながら、ようやくシェアハウスにたどり着いた私は、バッグから鍵を取り出した。

「うう、寒い……ただいま」

引き戸を開けて玄関に入ると、実家と同じくエアコンの暖かさが伝わってきた。私は部屋に行かず、電気のついていないリビングに行く。

「北村さん、自分のお部屋にいるのかな」

廊下に出てみるも、部屋から光は漏れていない。

リビングに戻った私は灯りをつけた。食材をキッチンに持ち込もうとする。

「んー……」

いないと思っていた人の声がして、驚いてリビングを見回す。よく見れば、ソファから足がはみ出していた。北村さんの足だ。

起こさないように、そーっとキッチンへ行こうとしたのだけれど……

「加藤、さん？」

「は、いっ！」

ドキドキしながら振り向くと、彼は頭を掻《か》き、寝ぼけまなこでこちらを見ていた。

「何……どうしたの？　忘れ物？」

「え、あの……」

北村さんはこちらの事情を知っているから話してもいいとは思うものの、まだ混乱から抜けきれていない私には、うまく説明できる自信がない。

「事情はあとで説明するね。とりあえず夕ごはん作るから、一緒に食べない？」

「ああ、うん。いいね」

彼は大きなあくびと伸びをした。テーブルに置いていたメガネをかけ、もう一度あくびをする。のんきな様子が私の緊張をほどいた。

（この空間といつもの北村さんの受け答えに、私、とても安心してる……）

私の荷物を北村さんが指さす。

「その食材、俺が冷蔵庫に入れとくよ」

「うん、ありがとう」

部屋に荷物を置いてキッチンに戻った私は、すりゴマと豆乳のスープを使ったお鍋の用意をする。

北村さんはもうひと眠りすると言って部屋に入った。昨日まで激務だったので疲れが出ているに違いない。手伝えないことを謝っていたが、私が勝手にしているのだからくれぐれも気にしないようにと念を押しておいた。

急いで鍋にとりかかる。具材はお豆腐、鶏団子、ほうれん草、にんじん、そしてたっぷりの水菜だ。黙々《もくもく》と食材を切っていく作業はラクだった。料理を作っている間はよけいなことを考えなくて済む。

「あとはお新香、と」

昼間は何も食べることができなかったけど、少しお腹が空《す》いてきた。食べて飲んで……イヤなことは忘れよう。

「お、旨《うま》そうじゃん」

窓の外がしんとした暗闇に包まれた頃、北村さんが起きてくる。でもまだすごく眠たそうというか、ダルそうだ。

リビング横の和室に用意したお鍋の前で、私たちは向かい合わせに座った。

「とりあえず、お疲れ様ー」

「お疲れ様でしたー」

なんのお疲れ様だかよくわからないが、ビールで乾杯をする。出会った日に居酒屋でした乾杯に似ていた。

私は小さく笑ってビールを飲む。おいしい。ということは、昼間よりは精神的に安定したのだろう。

「いただきます。旨《うま》そうだけど、これなんの鍋？」

「ゴマ豆乳鍋だよ。私も、いただきます」

へえ、と感心した北村さんと一緒に、コクのある熱いお出汁《だし》を啜《すす》って、お豆腐を食べた。

「あー、旨《うま》いな、これ。あったまるよ」

「ありがとう。うん、おいしくできてるね」

ゴマと豆乳がまったりとお豆腐に絡《から》んでしみじみおいしかった。私たちはお鍋をつつき、感想を述べあい、ビールを飲む。

「ところで加藤さん」

しばらくして、北村さんが曇《くも》ったメガネを拭《ふ》きながら、こちらを見た。

「帰ってきた時、ものすごく顔色が悪かったけど、また何かあった？」

「え……うん、まぁ……なんというか……はは」

事情はあとで話すと言っておきながら、いざ説明しようとすると、また体がこわばる。

「聞かないほうが、よかった？」

「ううん。長いけど……聞いてくれる？」

「聞くよ。加藤さんの話ならなんでも」

優しい声に頷《うなず》いた私は、お箸を置き、事《こと》の顛末《てんまつ》を彼にひとつずつ、ゆっくり話した。

「――ひどいな、元カレも相手の女も。その彼女、加藤さんの職場の後輩って、まだ働いてるの？」

北村さんが麦茶の入ったグラスを乱暴にテーブルへ置いた。今夜の彼はビール一杯だけしか飲んでいない。食事もあまり進んでいないような……

「わからない。でも元カレは『結婚するなら家にいろ』って人で私に仕事を辞めさせたくらいだから、彼女に子どもが生まれてるなら、とっくに辞めさせてるかもしれない」

「その元カレと加藤さんが別れたのっていつ頃？」

「ホワイトデーの日だったから、今年の三月」

ホワイトデーのプレゼントはなんだろうと期待していた自分を思い出す。あのあと婚約破棄を言い渡された私は、それ以上の惨《みじ》めなことはないと考えていたのに……

「なるほど。その二か月後に加藤さんは俺と出会ったわけだ」

「……そう、ね。二か月後で合ってると思う」

北村さんと出会ったのは五月中旬。結婚式の予定日だった。

「彼女の妊娠をきっかけに、元カレは加藤さんとの別れを切り出した、と」

「そういうことなんじゃないかって、思う」

「で、元カレは加藤さんに何も言ってこないんだ？」

「うん……何も」

「あくまでも、加藤さんの後輩の女性が、加藤さんが付き合っていた元カレの子どもを妊娠して結婚するという状況を見せたくて、手紙をよこしたと。そういうことだよね？」

息を吸い込んだ私は小さく頷《うなず》いた。どんなに考えても彼女の行動は理解できない。

「性格悪い女もいるもんだな、全く……」

彼はそばにあった麦茶をぐいっと飲み、そしてニヤッと笑った。

「せっかくお誘いがあったんだから、二次会に行ってみればいいじゃん」

「い、行けるわけないでしょ!?　そんなとこ――」

「俺も一緒に行く」

「え？」

北村さんの提案に、私はぎょっとする。

「二次会なんて誰が行ったっていいんだ。加藤さんの付き添いってことで、俺が行くよ」

「どっ、どうして北村さんが」

「悔しいじゃん。ここまでコケにされてさ」

北村さんが舌打ちとともに放った言葉が、私の胸に突き刺さった。ズキズキと胸が痛む。

「だから俺を新しい彼氏だってことにして、ふたりに見せつけてやるんだよ。どうぞご勝手に、こっちもうまくやってるからご心配なく、ってさ。どう？　それでふたりがやった悪事を何もかもぶちまけてやろうぜ」

「新しい彼氏って、北村さんが？」

「だから演技だって。……別に演技じゃなくてもいいけど」

「……」

「聞いてる？」

「……うん、聞いてるよ」

「やっぱり行きたくないか」

彼らは、私とはもう無関係の人たちだ。元カレのことはとっくに好きではなく、未練は全くない。

けれど、北村さんの言葉は、私の気持ちを代弁してくれたように思える。それに気づいた時からずっと胸の痛みが治まらなかった。

「……だってなんか、惨《みじ》めじゃない？　ふたりの幸せな姿をわざわざ見に行って、あの頃の何も知らない自分を思い知らされて……なんか……悔しい、じゃん」

言葉にすると涙があふれた。

北村さんが言った通り、コケにされて悔しいのだ、私は。

元カレを信じきって、もうすぐ結婚だとはしゃいでいた頃、既《すで》に鶴田さんのお腹には彼の子どもがいた。そして元カレは彼女を選んだ。私の気持ちなんておかまいなしに。

それを確かめにこいだなんて、あまりにも馬鹿にされた私が可哀想すぎる。だから悔しくてたまらなくて……だから、だから……

「……く、悔しいよ、私……っ、北村さ、んが言ってくれたみたいに、悔しいよ、コケに、されて……っ、うっ、うう……」

そんな自分の気持ちを確かめるために、わざわざ戻ってきたんだ。このシェアハウスに。北村さんがいる、シェアハウスに。

彼に会えば、また泣ける自分に会えると思って。

案の定、彼は私が必要とする言葉を差し出してくれた。そうして私はいま、泣いている。泣けている。

「今夜は慰《なぐさ》め、いる？」

低く優しい声にドキリとした。

慰《なぐさ》めというのは、出会ったあの夜と同じことだろう。

あの日は必要だったけれど、いまはこうして気持ちを吐き出すことができたから……きっと大丈夫。

「う、ううん……いらな、い」

北村さんを好きになってしまったから、慰《なぐさ》めだけの関係に戻ることはできない。私はそれだけじゃいられなくなる。シェアハウスのなかで男女関係ができてしまったら、困るのは彼だもの。

「……そうか」

「いらないけど――」

でも、少しの温《ぬく》もりなら、許されるだろうか。

「うん？」

「……そばに、いて」

「いいよ」

北村さんは立ち上がって隣に座った。そしてその大きな手で、私をそっと抱きしめる。

「北村さ――」

「こうしてるだけだ。何もしないよ」

私をすっぽり包む北村さんの仄《ほの》かな香りが私の涙腺を再びゆるめた。

彼と慰《なぐさ》め合った時の体温と匂いを思い出して、よけいに切なくなる。

――今夜は慰《なぐさ》め、いる？

（そんなことを聞かれたら、あなたと出会った夜を思い出して、すがりつきたくなっちゃうよ）

ぐすぐすと泣いている私の頭を、彼が優しく撫《な》でてくれる。長い間そうしていて、私の涙が収まってきた頃、急に北村さんの腕の力が強まった。

「加藤さん……俺」

「え？」

私の肩口に彼が顔をうずめる。

「俺、俺さ……」

そのまま私を畳に押し倒し、のしかかってきた。

「ちょ、ちょっと、あの……！」

焦《あせ》って動こうとするも、重くてどかすことができない。細身に見えても男性だ。重いに決まっている。それに力だって私より、ずっと強い。

（まさかこうなるとは……予想していなかった自分がいけない。どうしよう……！）

目を泳がせる私の横で、ぼそりと彼が声を発する。

「俺……ぎぼぢ、わる、い」

「えっ？」

「目が、回る。……あたま、痛い」

うなだれた彼は、私の上でぐったりと脱力した。

「ちょっ、大丈夫!?　具合悪いの!?」

「うー……」

北村さんは今夜それほど飲んでいないし、酔っているだけにしては様子が尋常ではない。私はすぐそばにある彼の頬にそっと触れてみる。

「熱い！」

さっきはどうして気づかなかったのか、あまりの熱さに声を上げてしまった。北村さんは、呼吸が小刻みで苦しそうにしている。

「う……吐きそう」

「えっ！　ちょ、ちょっと待って、起きれる!?」

慌てた私は、北村さんをどうにか起こし、彼のメガネを座卓に置いた。

まさか食中毒だろうか？　でもそれなら私もいまごろ苦しんでいるはず。

そもそも彼はビールも食事も、いつもより進んでいなかった。もしかして夕飯前から具合が悪かった……？

「頑張って、ちょっとだけ我慢して。立てる？　それともここに洗面器持ってこようか？」

「……トイレ、行く」

私に掴《つか》まりながら、北村さんは立ち上がった。足もとがフラフラだ。

眠いと言っていたのも、寝起きがすごくダルそうだったのも、具合が悪かったからなのだ。それなのに無理して私に付き合って悪化してしまった。申し訳なさが私の胸に湧き上がる。

彼をトイレに連れていくと、ひとりで大丈夫だと言われ、私はその場を離れた。

「インフルエンザだったらどうしよう」

会社の人たちは誰も罹《かか》っていなかったが、時期的にあり得る。北村さんだけ、どこかからもらってしまったのかもしれない。

「とりあえず体温計と、冷却シート」

リビングでそれらを取り出しているところへ、トイレの横の洗面所で口をすすいだ北村さんが戻ってきた。ソファにどさりと体を落とす。

「大丈夫？」

「……吐いたら落ち着いた。けど、すげー……寒い」

天井を仰《あお》いだ彼が、目をぎゅっとつぶり身を縮めている。

相当具合が悪そうで可哀想ではあるが、私は彼のそばにしゃがんで体温計を差し出した。

「ね、体温測ろう？　あと、おでこに冷却シート貼ろうか」

「うん」

測り終わった体温計をチェックすると、三十八度八分もあった。

（薬を呑ませたほうがいい？　でも、もし本当にインフルエンザだったら解熱剤《げねつざい》を呑むのは注意が必要だった気がする……）

とにかく部屋で寝かせたほうがいいだろう。彼は夕飯前まで寝ていたはずだ。

「北村さん、お部屋にお布団敷いてある？」

「敷きっぱなし」

「じゃあ、お部屋で横になろう。歩ける？」

「……ん」

私は北村さんに寄り添って、一階の彼の部屋に向かった。

「お邪魔します」

この部屋に入るのは初めてだ。暖房がつけっぱなしでよかった。部屋中が暖かい。

そして、一歩入ると、どきりとなった。彼がいつも身につけているフレグランスの最後《ラストノート》の香りが、鼻をくすぐったからだ。

毎日彼がすごしている部屋にいる。こんな時なのに、不謹慎にもときめいてしまった。けれど、電気をつけた私は、部屋のなかを見て驚く。畳の上に布団が敷いてあるだけで、あとはちゃぶ台しかない。他の荷物は押し入れにあるのだろうか。こざっぱりしすぎていて生活感がなかった。

このシェアハウスに引っ越した時、彼はスーツケースひとつと、バックパックひとつで越してきたと言っていた。私と同じように思い出の品は全部捨てたとも。

布団のそばにきたところで彼に声をかける。

「横になれる？」

「大丈夫。まだ目は回ってるけど」

「横になってちょっと待っててね」

私はリビングから加湿器を運び、北村さんの部屋の隅に置いた。掛け布団を彼の体にきちんと掛け直す。まだ呼吸は荒く、頬が紅潮して苦しそうだ。

私はもう一度リビングに行き、カレンダーの前で思案した。

「年末は病院やってないし……そもそも夜間だし。あ、総合病院の救急ならやってるのかな？」

急いでネットで調べ、近くの大きな総合病院に電話をした。

「高熱があるんです。もしかしたらインフルエンザではないかと思って。それで救急に伺いたいのですが……」

『夜間救急の受け付けはしておりますが、切迫した状態以外の方はただいま三時間待ちでして、それでもよろしければ――』

「さ、三時間!?」

『インフルエンザの疑いのある方が多くいらしているんですよ。患者様はお子さんですか?』

やはりインフルエンザが流行《はや》っていたのだ。

「いえ、大人です。男性の」

『ひどい腹痛や痙攣《けいれん》、嘔吐《おうと》が止まらないなどの症状がなければ、しばらく様子を見てください。患者さんのそばでは感染しないようにマスクをして、患者さんには水分を――』

丁寧な説明をメモに走り書きしていく。

「はい……はい、わかりました。ありがとうございました。しばらく様子を見てから決めます。はい」

電話を切った私は、もう一度彼の部屋を覗《のぞ》く。

北村さんはうとうとと眠り始めていた。今夜は彼の様子を見ながら、リビングで過ごそう。

夕飯の後片づけをした私は、ソファでスマホを弄《いじ》ったり雑誌を読んだりする。そうこうしているうちに、時計は夜の十二時を指していた。

「北村さん、大丈夫かな」

吐いていたので、そろそろ水分を取らせたいのだけど……。そう思った時、彼の部屋の引き戸が開いた。

「北村さん、大丈夫?」

「ちょっと、トイレ。だいぶラクになったよ、ありがとう」

「よかった」

私はキッチンへ行き、スポーツドリンクを用意する。そして、トイレから戻ってきた彼と一緒に部屋へ入り、それを差し出した。

「寝る前に少しでいいからスポーツドリンク飲んで。あともう一回熱を測ってみてくれる？」

頷《うなず》いた北村さんは布団の上に座る。呼吸はだいぶ整ったようだ。熱は三十八度まで下がっている。

「せっかく作ってくれたのに……全部出しちゃったな、ごめん」

やつれた顔でまた謝る彼に、胸がきゅんとする。

「そんなこと全然いいから、気にしないで」

「元気になったら全部食うから、また作ってくれる？」

「うん、わかった。いくらでも作るよ」

笑顔で答えると、北村さんも弱々しく笑みを返し布団に横になった。

「……俺、情けねえなー」

「病気だもん。情けなくなんかないよ」

「加藤さんがいてくれてよかった。本当にありがとう」

「ううん。私こそ、さっきは話を聞いてくれて、ありがとう」

視線を合わせて微笑《ほほえ》み合う。

グラスを載せたお盆を持ち、立ち上がろうとした私のスカートの裾を、彼が小さく引っ張った。

「どうしたの？　具合悪い？」

「ねえ、二次会一緒に行こうよ」

「ま、まだ言ってる……！」

それどころではないだろうに、なぜここまでこだわるのか……意味がわからない。

「俺がそばにいるから惨《みじ》めな思いはさせないよ、絶対に」

熱でうるんだ瞳で言われても困る。私は全力で首を横に振った。

「行かないってば」

「ていうかさ、ちょっとケリつけたいってのもあるんだ。これは俺の事情ね」

「……北村さんの事情って？」

「いつだっけ、二次会。結婚式のあとだよね？」

彼は私の問いに答えず、話を続ける。

「三月十四日だよ」

「加藤さんが元カレと別れた日じゃん。ホワイトデーだったんでしょ？」

「そう」

「一年経つからいいってのかよ。ほんとにダメダメな奴らだな……」

言われてみればそうだ。わざわざその日を選ぶのも、私に見せつけたかったからなのかとよけいな考えがよぎる。

「まぁいいや。あっちがそういうつもりならいいじゃん。行こうよ、加藤さん」

「どうしてそこまでするの？　北村さんには全然関係ないことなのに」

「関係あるんだなー、これが」

「どんな関係なの？　知り合いじゃないんだし――」

「俺、加藤さんが好きだから」

「……え？」

視線が合ったまま、妙な空気が流れる。あまりにもサラッと言われて反応できないでいると、北村さんは寝返りを打って私に背を向けた。

「もう少し寝るよ」

聞き間違えたのだろうか。いや、そんなわけがない。

「う、うん。寝たほうがいいよ。何かあったら言ってね？　スマホで呼び出してもいいし」

「……ありがと」

北村さんの返事を聞いてから立ち上がった私は、リモコンで灯りを暗めに調整した。

（いま確かに私のことを好き、って言ったんだよね？　どういう意味で好き……って……？）

混乱する思いを抱えたまま、部屋の入り口まで歩く。

「おやすみなさい」

そっとドアを開けて廊下に出、ひとつ息を吐いた。

熱のせいで朦朧《もうろう》としていた彼は、思いもしないことを口走ったのだ、きっと。

だから明日目が覚めたら忘れている。そう思うことにしたのに、胸のドキドキは止まらなかった。

◆　◆　◆

「この駅の階段、地下鉄の風が吹き抜けすぎだって。寒すぎる」

吹きすさぶ冷たい風に縮こまりながら、俺は根津駅入り口の階段を下りていく。ここから数駅先で降り、徒歩十分の場所に「ノースヴィレッジアーキテクツ」がある。

地下鉄に乗り込んだ俺はドア際に立ち、窓に映った自分の顔に目をやった。少し痩せたな。

年末に熱を出し、翌日大学病院で検査をしてもらうと、予防接種済みだったというのに、まんまとインフルエンザに罹《かか》っていた。既《すで》に熱は下がっていたため点滴薬を打って帰される。

加藤さんは年明けまでいると言ってくれたが、そこまで付き合わせるわけにはいかないので、大晦日《おおみそか》には実家へ帰らせた。そして年明け二日に、もうシェアハウスに戻ってきた。

傷ついた出来事を両親には絶対言えないと悩んでいたから仕方がない。

あの時、加藤さんに告白してしまったことで、気まずくなるのは必至だった。だから、インフルエンザに罹《かか》ったのを幸いに、シェアハウスのメンバーに移しては困るからと俺は部屋に引きこもっていた。顔を合わせることはあっても、それ以上かかわらない状態でなんとか過ごしてきたのだが……

(会社ではそういうわけにもいかない、か)

今日は冬休み明けの初出勤日だ。俺は根津駅近くのクライアントへ寄り、ひとつ仕事を終わらせて会社に向かっている。社員や加藤さんはとっくに会社にいて業務を開始しているはずだ。

地下鉄を降り、商店街を抜ける。のんびりした正月の雰囲気はもうどこにもない。

「おはようございます」

挨拶《あいさつ》をしながら社に入ると、焦《あせ》った顔をした加藤さんが俺のそばにくる。加藤さん以外の社員は外出中のようだ。

「社長。いま牛島《うしじま》さんがいらして、連絡しようとしたところなんですが」

「あれ？　打ち合わせは昼からじゃなかったっけ。何かあったのかな」

「早めにいらしたようです。奥でお待ちいただいています」

「そうなんだ、ありがとう」

彼女との事務的な会話が、いまは助かる。

「牛島さん、すみません、お待たせして」

「こちらこそすみません、私が早くきてしまって」

ソファから立ち上がった牛島さんが頭をペコッと下げた。彼は、短髪で体格のいい五十代前半の男性だ。

「いや、助かりますよ。じゃあ早速始めましょうか」

牛島さんは近くで焼肉店を営《いとな》んでいる。業績はなかなからしく、新店舗になる物件を探してきたので、そこをリノベーションする計画なのだ。

ソファに座ると、加藤さんが俺に熱いお茶を淹《い》れてくれた。寒風《かんぷう》に冷えきった体が喜ぶ。牛島さんの前には彼の好きな紅茶が出されていた。

彼女の細やかな気遣いは、社員だけではなく、クライアントにも好評だ。それが嬉しくもあり、心配の種でもあった。

加藤さんと知り合ってから俺は、意外にも自分が嫉妬深《しっとぶか》く独占欲の強い男だということを、思い知らされている。

牛島さんと打ち合わせを終え、彼を出入り口まで見送った。受付に戻ると加藤さんが俺に「お疲れ様でした」と微笑《ほほえ》む。ただそれだけなのに、胸の奥が掴《つか》まれたように痛んだ。

「加藤さん」

「はい？」

「いやあの、なんて言うか——」

「ただいまー。あ、北村社長やっときたね。今年もよろしくお願いします」

そこに社員の内村が帰ってきた。

「あ、ああ。こちらこそ、よろしくお願いします」

俺はいま、何を言おうとしたんだ。

「内村さん、おかえりなさい。お茶淹《い》れましょうか」

「大丈夫。コンビニでコーヒー買ってきたから」

俺はふたりの会話を横目に、自分のデスクへ戻る。

「加藤さん、シェアハウスで社長のインフルエンザは移らなかったんだ？」

「はい、大丈夫でした」

「やっぱり予防接種はしておくべきだよね」

茶化すように笑う内村の言葉にイラッとした俺は、離れたところから口を挟んだ。

「ちゃんとやってましたー。運が悪かったんだよ、運が」

「だったら今度から二回打つんだな」

「二回かよ」

俺がため息を吐《つ》くと、ふたりが顔を見合わせて笑った。

イラッとしたのは別の理由なのだ、と本当はわかってる。たとえうちの社員とでも、加藤さんが他の男と楽しそうに話している姿を見るのが耐えられない。

「俺、午後からちょっと出るんで。瀬戸と中嶋は戻るよな？　内村は？」

「僕は三軒茶屋《さんげんぢゃや》の塗装店行ってくる。社長はいつものところ？」

「そう。その後、クライアントさんのところに寄って戻るから遅くなる。瀬戸たちによろしく言っておいて」

「わかった」

俺は加藤さんとなるべく離れたほうがいい。自分からシェアハウスに入ると言っておいて、ワガママもいいところだが、このままでいいわけがない。

そう考えていると、彼女の視線を感じた。

「ん？　どうかした？」

「いえ、あの……いつものところというのは、どこなのかなぁと」

俺と内村の会話が気になったらしい。

「そのうち教えるけど、まだ企業秘密。ごめんね」

「……そうですか」

腑《ふ》に落ちない顔をした加藤さんは、パソコンに目を移した。

彼女の表情からはそれ以上の感情は見えない。高熱時のどさくさ紛《まぎ》れの俺の告白もわかっていない気がする。俺だけが気まずい思いをしているのか？

「鈍いもんなぁ……」

加藤さんがいるからシェアハウスに住むと伝えた時も、唇の横を舐《な》めた時も、俺が彼氏のフリをして二次会に行こうと誘った時も……その意味を知ろうとしないんだ。

もしかして俺の気持ちをわかっていて、かわしているだけなのだろうか？　俺とは恋愛関係になりたくないから？　それはそれでショックだな……

俺はため息を吐《つ》きつつ、パソコンで設計の作業を進めた。

その後、全ての仕事を終えた俺はシェアハウスに帰った。

年度が変わった頃にはもっと忙しくなる予定なので、いまのうちにできる限りのことをしておきたい。

ここのところ、ブログの更新は加藤さんたちに任せっきりだ。

「ただいまー」

先に帰っていた加藤さんと十和田さんが食事を作っているらしく、キッチンからふたりの声がする。石橋さんは飲み会で遅いと聞いていた。こんなふうに臨機応変に、都度食事作りのペアを変えている。

「豚汁《とんじる》、どう?」

「うん、おいしくできたよー! 生姜焼《しょうがや》きのいい匂いがするね」

「豚肉たくさん入れちゃった。北村さん、結構がっつり食べるから」

ふたりの楽しそうな会話が耳に心地いい。

(俺を気遣って豚肉をたくさん入れてくれたのか、嬉しいね)

キッチンに入って声をかけようとした俺は、だがそこで、十和田さんの言葉に体を固くした。

「ねぇねぇそういえば加藤さん、北村さんとはその後どうなってるの?」

「どっ、どうもこうも、別に私たちは……」

明らかに加藤さんの声が焦《あせ》っている。

「私は加藤さんと北村さんって、お似合いだと思うけどな」

「何を突然……!?」

「だってさ、どう見ても北村さんって加藤さんに気があるよね？」

十和田さんは声のトーンを落としているが、聞こえてしまった。加藤さんは沈黙する。

「加藤さんだって自分でもそう思ってるでしょ？　別に加藤さんの自意識過剰とかじゃなくてさ、一緒にいて感じるもん。北村さんが加藤さんを気に入ってるって」

ああ、その通りだ。気に入るどころか本気で加藤さんを好きだからな。ただ、これ以上聞き耳を立てるのはよくなさそうだ。俺はキッチンに背を向け、一歩足を踏み出す。

「飛び込むの、怖い？」

「……それは」

十和田さんの質問と加藤さんの戸惑《とまど》う声が、俺の胸に突き刺さる。

「それは、怖いよ。もうあんな思いはしたくないもん」

加藤さんの声が、いまにも泣きそうなものに聞こえた。

ふたりの会話から察すると、十和田さんはどうやら加藤さんが婚約破棄された事情を知っているらしい。仲よくなるうちに話したのか。俺との関係は知らないようだが……

「そうだよね。うん。ごめん、加藤さんの気持ちも考えずに」

「ううん。私の気持ちに寄り添ってくれたんでしょう？　ありがとう。嬉しいよ」

「でも、教えてほしいな。加藤さんの気持ちはどうなの？　北村さんをどう思ってる？」

「私の気持ちは——」

これ以上は本当にダメだ。俺は、そこでふたりに声をかけることにした。

「ただいまー、メシできた？」

「わあっ！」

驚いたふたりが俺を見る。

「き、北村さん……！」

「びっくりした！　いまの会話聞いちゃった？」

目を大きく見ひらいた十和田さんがこちらに近づいてくる。加藤さんの顔は真っ赤だ。

「いや、帰ってきてすぐ声をかけたんだけど、何かあった？」

「ううん、聞いてなければいいの、ははは」

「なんだよそれ。どうせ俺の悪口言ってたんだろ」

「それはないない、大丈夫」

ホッとして笑う彼女らを手伝いながら、俺は複雑な気持ちを抱えていた。


食後、風呂に入り、自室で仕事を進めた。その間に石橋さんが帰ってきたようだ。

夜中の一時過ぎ。布団に横になるが、なかなか眠れない。

十和田さんを通じて聞いてしまった加藤さんの「まだ、飛び込むのは怖い」という思い。その対象は俺に限ったわけではないだろうが……

怖いのは当然だ。二年半も付き合った男に裏切られ、そのあげく、元カレと結婚相手から結婚式二次会の招待状がきた。だから、彼女はあんなにも傷つき、動揺し、泣いていたんだ。

俺は加藤さんに救われたが、加藤さんが俺に救われたとは限らない。

俺が強引に迫れば、ゆっくり前に進もうとしている彼女を傷つけてしまいかねないだろう。優しい彼女は俺に気を使うかもしれないが、それだけはさせちゃいけない。

加藤さんはあの時「慰《なぐさ》めはいらない」と言ったんだ。乗り越えようとしている彼女を本気で思うのなら、サポートに徹するしかない。

とはいえ……俺は彼女を傷つけた元カレと、その結婚相手の女性というのが、どうしても許せなかった。加藤さんの悔しさをどうにかしてやりたい。その男を一発殴って、そいつらが加藤さんをどんなに傷つけたのかを参列者にぶちまけてやりたい。

だが、俺にそこまで介入する権利はなかった。

「何か飲んで落ち着くか」

堂々巡りから抜け出せなくなった俺は、布団から起き上がった。

眠れない夜はホットミルクがいいと聞いたことがある。冷蔵庫に牛乳があったはずだ。

しんとした廊下に足音を響かせないよう静かに出る。石橋さんの部屋の灯りは漏れていない。既《すで》に寝ているようだ。

「ん……？」

リビングに着いた俺は暗がりのなか、目を凝《こ》らした。誰かいる。

パジャマの上にストールを羽織《はお》り、窓の外を見て佇《たたず》むあのシルエットは……加藤さんだ。

「さむ……」

彼女の呟《つぶや》きにドキッとする。

加藤さんは肩を縮こまらせ、ストールの上から自分の体を抱きしめていた。後ろからそのストールごと、彼女を強く抱きしめたい衝動に駆られる。

彼女が何を言おうが、誰が起きてこようがかまわない。こちらを向かせて、あの夜味わった唇をむさぼりたい。そんな気持ちをどうにか抑え、彼女を呼ぶ。

「……加藤さん？」

「ひゃっ」

飛び上がりそうな勢いで彼女がこちらを向いた。風呂上がりの無防備なその姿に近づく。

「き、北村さん……？　びっくりした」

「それはこっちのセリフ。眠れないの？」

「……うん。起こしちゃってごめんね」

「いや。俺も眠れなかったから」

昼間離れなければと考えていたはずなのに、加藤さんを見ただけでこのザマだ。改めてここを離れる決心が強くなる。

「加藤さんもホットミルク飲む？」

「そうね、飲みたいな」

ふたりでキッチンに入り、電気を点《つ》けて、音を立てないようにミルクパンと牛乳を用意した。

「私、お砂糖入れようかな」

「俺も入れようと思ってた」

「また被ったね」

「え？」

「だって私たち、いつも選ぶものとか行動が似てるでしょ？」

俺の顔を見た加藤さんが、クスッと笑った。胸が苦しいほどに締めつけられる。どうにか俺も笑顔を返した。

それぞれホットミルクを入れたカップを持ち、リビングに戻る。こちらの灯りは点《つ》けない。漏れ入る外灯の灯りで十分だ。ソファに並んで座ると、折れそうに細い三日月が窓の外に見えた。

熱いミルクを冷ましながら飲む。甘く、懐かしい匂いがする。

「おいしいね」

「ああ」

「ねえ、北村さん」

彼女はこちらを見ずに、カップに目を落としていた。

「ん？」

「私、二次会に行こうと思うんだけど、本当についてきてくれる……？」

「え、行くの？」

意外だった。頑《かたく》なに行かないと言っていたのに、どういう心境の変化があったのだろうか。

「うん。北村さんと一緒に行く。だから、よろしくね」

加藤さんは顔を上げて俺に微笑《ほほえ》んだ。

彼女は俺を信用してくれたのだ。理由がなんであれ、ここは喜んでサポートを引き受けよう。

「わかった。俺がいれば絶対にイヤな思いはさせないから、大丈夫だよ。俺が加藤さんの仮の彼氏になるから、それを見せつけて、お前らの結婚なんかどうでもいいって突きつけてやろうよ」

「ありがとう。私、ここが勝負どころだと思うんだ」

「勝負どころ？」

「うん。あの人たちに、はっきり自分で言う。婚約破棄は私が悪かったせいだけじゃない。だから逃げも隠れもしないって。そう決めたの」

強い意志を感じさせる表情が、神々《こうごう》しくさえ思えた。いじらしい彼女を抱きしめたいが、いまはその時じゃない。

俺はミルクのカップを割れそうなほどに強く握りしめ、平静を装《よそお》って彼女の話に頷《うなず》く。

「それにね、私も北村さんと一緒で、ケリをつけたいんだ」

「ケリってなんの？」

「んーまぁ……いろいろと？」

えへへとかわいく笑う彼女と一緒に、俺も笑った。

「なんだよ加藤さんのケリって。俺のマネするなよなー」

「別にマネじゃないよー。でも……だから、そばにいてね」

「ああ……わかった。いるよ、加藤さんのそばに」

彼女はきっと、これをきっかけに前へ進もうとしている。そして俺も――

「ケジメ、な」

れるがままじっとしていた。

「え？」

「なんでもないよ」

右手を伸ばして、加藤さんの頭を優しく撫《な》でる。少しだけうつむいた彼女は、俺にされるがままじっとしていた。

◆　◆　◆

春の匂いがそこかしこにあふれ始めた三月中旬。私と北村さんは都内のホテルに向かっていた。

「今日は結構暖かいな」

コートのポケットから手を出して、北村さんが言う。

ホテルの三階にあるイタリアンレストランを貸し切りにして、私の元カレと後輩――鶴田さんの結婚式の二次会が行われるのだ。

「はぁ……」

ホテルのすぐ前まできた私は、大きなため息を吐《つ》き、足を止めた。

「どうした？」

「本当にきちゃったね」

「なんだよ、いまさら。怖気《おじけ》づいた？」

一緒に立ち止まった北村さんが私の顔を覗《のぞ》き込む。

彼と一緒に元カレたちの結婚式の二次会へ行く。そう決めたものの、この一か月間、心のなかはグラグラだった。

どんな顔をして会えばいいのか、何を言えばいいのか、場違いすぎる、私と元カレのことを知っている同僚たちになんて言われるか……などと、堂々巡りはつきなかった。

「どうしても怖気《おじけ》づいちゃうよ。そりゃ、北村さんは他人事だから落ち着いてるんだろうけど」

「他人事じゃないけどね」

「他人事じゃないって、どういう意味？」

問いかけると、彼は目の前の大きな建物を仰《あお》いだ。私も一緒に顔を上げる。

水色の空は薄い雲が遠くにたなびき、鴨《かも》の一群が飛んでいた。

「加藤さんが大変な思いをしてる時は俺もつらいし、加藤さんが幸せなら俺も幸せだ、ってこと。だからこうして加藤さんについてきた」

北村さんは苦笑し、笑みを顔に残したまま歩き始める。私は慌てて彼についていく。

「気になる言い方しないで、はっきり教えて」

「元カレたちのところへ行ったあとに教えるよ」

「北村さん、いつもそうやって教えてくれないんだから」

「そう？」

「そうだよ。会社でも『いつものところ』を聞いたのに、はぐらかすし」

「ああ、そうだったな。それもいつか教える」

私は久しぶりに履いた高いヒールを鳴らしながら、言葉を濁《にご》す北村さんの隣であれこれと思案した。そうしてイヤな考えにたどり着く。

「……本当は、私の元カレと知り合いなんてことは」

「名前すら知らないって」

ありえないことだとわかっているのに、聞かずにはいられなかった。ホッと胸を撫《な》で下ろしたけれど、まだモヤモヤが残る。

「ねえ、もしかして変なことしないよね？」

「変なことって？」

「ぼ、暴力沙汰《ざた》とか」

「加藤さんの元カレと俺が前から知り合いだったら、そいつをぶん殴ってたけど、それはないな」

では、なんだというのだろう。

もう一度問いかけようとしたところでホテルの入り口に到着し、うやむやになってしまった。

ホテルのクロークにコートを預けた私たちは、ロビーの横を進んでいく。

私はスマホの時計を確認した。二次会の時間まで、まだ一時間以上ある。

「そういえば、どうしてこんなに早い時間にしたの？」

「会場のホテルでお茶でもして、場の雰囲気に慣れておいたほうがいいかと思ってさ」

「なるほど」

今日は北村さんの指示で、早めの時間に家を出てきたのだ。確かに彼の言う通り、このホテルの雰囲気に慣れていたほうが、いきなり元カレたちの姿を見て茫然自失となる確率が減るかもしれない。

絨毯《じゅうたん》の敷かれている通路を北村さんと進む。どのカフェに行くつもりなのだろうか。あまりうろつきたくはない。元カレと鶴田さんの披露宴会場は、このホテルのどこかの階のはずだ。二次会まで時間があるということは、いまは披露宴の真っ最中だろう。

「その服いいね。加藤さんのそういう格好を見るのは新鮮だな」

緊張している私に北村さんが笑いかけた。

のんきに笑う顔を見て、なんだか気が抜けてしまう。

今日の私は、目立たないようにと選んだ紺色《こんいろ》のシルクワンピースを着ている。綺麗なAラインが気に入っていた。髪はゆるく巻いて、ふんわりまとめている。

彼はダークネイビーのスーツを着て、光沢のあるグレーのネクタイを締めていた。

「北村さんだって新鮮だよ。スーツなんて滅多に着ないもんね」

実はすごくときめいていると言ったら、彼は驚くだろうか。

会社でもシェアハウスでも、私は北村さんを見つけるたびにときめいていた。彼を好きだと自覚してからは、ダメだと思いつつも、あふれる思いを止められなくなっている。

ここへくる決心がついたのは、北村さんを好きな思いに嘘を吐《つ》きたくなかったからだ。

シェアハウスが恋愛禁止でも、彼を思う気持ちは否定したくない。

だから私は決めたのだ。自分の気持ちにケリをつけることに。過去からも未来へも。

「俺は常にラフな格好だからな。現場に行く時は作業着羽織《はお》るくらいだし、かしこまったスーツなんて緊張するよ。加藤さんも緊張、してるよな？」

「え？」

急に真面目な顔をされて、胸がどきんとする。メガネの向こうの瞳が私をじっと見ていた。

「俺がいるから大丈夫だよ。あ、上に行こう」

「え、あっ」

ふいに手を取られた。不安な私を安心させるように、北村さんが優しく私の手を握る。

乗り込んだエレベーターのなかでも、彼は繋いだ手を離さない。私も離そうとはしなかった。

どうして繋いだままでいるのか……そんなことをわざわざ聞いてしまったら逆に恥ずかしくなりそうで、ただ階数の表示を見つめるだけだ。エレベーターは私たちの他には誰も乗っていない。

「北村さん、私ね」

「ん？」

北村さんのこの返事が、とても好き。

彼の体温を感じるのはインフルエンザ騒動以来だ。この温《ぬく》もりを自分だけのものにしてしまいたい。そんな感情が私を支配する。

「これが終わったら、聞いてほしいことがあるの」

「何を？」

「全部終わってから、言うね」

大きな手をぎゅっと握る。すると、彼も強く握り返してくれた。

「なんだよ、気になるじゃん」

「北村さんだって、いろいろ教えてくれないでしょ？」

「まぁ、そうだな」

小さく笑った北村さんがメガネの真んなかを押す。出会った時から知っているその仕草に、胸がきゅっと痛くなった。

（私、ケリがついたら勇気を出して、あなたに好きって……伝えるから）

「この階に大きいカフェがあるらしいんだ。そこで待とう」

「うん」

エレベーターを降りたところで、突如、私の目にイヤなものが飛び込んできた。

——松木《まつき》家　鶴田家　披露宴会場
エレベーターのそばに置かれたボードの「松木」という名は元カレの名字だ。そして「鶴田」は後輩の名字。

どくどくと心臓が大きな音を立て、血液が一気に私の体を駆け巡る。

「ね、ねえ、そこ……」

ずんずんと進む北村さんのスーツの袖を、強く引っ張った。

指さしたボードを彼が見る。

「ここが披露宴会場だったのか。『松木』が元カレ？」

「うん……」

『鶴田』がその相手、ね。イヤな名前だな」

北村さんが顔をしかめた時だった。

「おや？　北村さんじゃないですか？」

聞き覚えのある声に、私の体がびくりと揺れる。こちらへ近づいてきたのは、背が高く体格がよくて声の大きな――私が辞めた会社の営業部長の堀川《ほりかわ》さんだった。元カレは営業部に属しているので、彼は披露宴に呼ばれているのだろう。何かの用事で披露宴会場から出ていたのだろうか。

「堀川さん、お久しぶりです」

「やはり北村さんでしたか。どうもその節はいろいろと――」

堀川部長と北村さんが会話を始める。ふたりが知り合いだったとは。どうやら仕事関係の繋がりのようだ。気まずくなった私はふたりから離れようと、数歩あとずさりした。

「加藤さん？」

けれど、別の声が近づき、瞬間的に胸が苦しくなる。どくん、どくんと心臓の音が大きく響く。私は、恐る恐るそちらを振り向いた。

「やっぱり加藤さん！」

満面の笑みの鶴田さんが、私たちから少し離れたところにいた。

勝ち誇った笑顔を向けられたように感じたのは、気のせいだろうか。

ピンクのドレスに身を包んだ彼女の隣に、白いタキシードを着ている元カレ――松木純一《じゅんいち》が佇《たたず》んでいる。彼らの後ろには介添人《かいぞえにん》と思われる黒いスーツを着た女性がいた。

これはきっとお色直しをしてきたふたりが、これから会場に入るというシチュエーションだ。なんなの、このタイミングは。……最悪。

「純一……」

「星乃……」

純一が苦い表情でこちらを見る。一年ぶりに見たその顔はあまり変わっていなかった。けれど、迷惑だという感情を隠そうとはしていない。

「……ごぶさた、しております」

仕方なくそちらへ近づき、小さく会釈《えしゃく》をした。

「二次会にくるんじゃなかったのか」

純一に言われて、かっと頭に血が上る。

二次会に私が行くことは知っていたんだ。鶴田さんは純一にどういうつもりでそんな話をしたのだろう。ふたりで私を笑ってたの？　滑稽《こっけい》だって、惨《みじ》めだって、そんなふうに。

(私は彼らに何を言うんだっけ。どうしたらいいんだっけ……)

頭が混乱して言葉がまとまらない。背中に冷や汗が流れたのがわかる。

「ああ、お色直しが済んだようだ。綺麗だねぇ、鶴田さん。松木くんもいいじゃないか」

堀川部長の声がこちらに近づいてくる。私はどうしていいかわからず、足もとを見つめた。

「部長、ありがとうございます」

純一と鶴田さんが笑って部長に挨拶《あいさつ》をする。はきはきとした誇らしげな声が、より一層私を苦しめた。

「これから会場に入るところを邪魔してすまないね」

「いえ、そんなことはありません」

「おや？　もしかして……加藤さんじゃないか？」

堀川部長が向けた声に、ぎくりとした。うつむいていた私は、渋々顔を上げる。

「ごぶさたしております、部長」

「いや、先ほどは気づかなくて申し訳ない。久しぶりだね。というか君は、その……」

部長の穏やかな声が、ためらいがちなものへと変わっていく。

（ええ、そうです。堀川部長が気づいた通り、私はそこにいるあなたの部下と婚約して、会社を辞めました。部長にも結婚式の招待状を出していましたよね。純一は営業部ですもんね）

あまりの羞恥《しゅうち》と惨《みじ》めさにどうにかなりそうだ。心の準備など何もできていなかった。

せっかく北村さんが気を使って早く連れてきてくれたのに……

これではまるで、私が未練がましく純一を追いかけていつまでも纏《まと》わりついている、みっともない女にしか見えないではないか。

ぎりりと唇を噛みしめて次の言葉を探した。そうして唇をひらくと同時に、鶴田さんが声を出す。

「え、嘘……」

鶴田さんは手袋をした両手で自分の口を押さえている。その表情から、先ほどの笑顔は消えていた。彼女の視線は、背の高い堀川部長の後ろから現れた北村さんに向けられている。

「月、斗……？」

呟《つぶや》いたのは北村さんの名だった。

「……どうも、ごぶさたしております。驚いてるね。俺も驚いたよ、『鶴田さん』」

呼ばれた北村さんが不機嫌そうに挨拶《あいさつ》をした。私の混乱は続く。

「なんで、ここに……？」

鶴田さんの声が震え、濃いメイクをした顔がみるみる青ざめていく。

「加藤さんと一緒にきたんだ」

北村さんの声色は聞いたことのないほど低く、落ち着き払ったものだった。怖ささえ感じる。

「加藤さんと……？　なんで？　知り合いなの？」

「ああ。俺たち付き合ってるんだ。それで、あなた方に呼ばれた彼女が心配でここまでついてきたんだよ」

淡々と告げる北村さんの言葉を聞いた鶴田さんが目をみひらいた。

「付き合って、る……？」

「ああ、そうだよ。付き合ってる」

北村さんが突き放すように答えた。

堀川部長と彼が知り合いなのも驚いたけれど、それよりもなぜ鶴田さんと……？　何がなんだかわからず、うまく呼吸ができない。

「北村さん、鶴田とお知り合いだったのですか？」

私たちを見ていた堀川部長が一歩前に出る。

「ええ。えつ子——鶴田さんは僕の元婚約者ですから」

「えっ！」

声を上げたのは堀川部長と純一だった。

鶴田さんは気まずそうな表情をし、うつむく。北村さんは無表情のままだ。そして私は……混乱のあまり声も上げられず、頭のなかは真っ白になっていた。

「それは本当かね、鶴田さん⁉」

堀川部長の声でハッとする。鶴田さんは唇を噛みしめて、部長から目をそらした。

何か言いたそうな介添人《かいぞえにん》をよそに、北村さんは私の隣に立ち、堀川部長のほうを向いた。

「堀川さん。僕はいまこの場にくるまで、鶴田さんが結婚することも、子どもを産んだことも知りませんでした。ここへきたのは、鶴田さんが加藤さんに結婚式の二次会の招待状を送ってきたからです。僕は招待状を見ていなかったので、まさか加藤さんと婚約破棄をした方の結婚相手が、自分の婚約者だった鶴田さんだとは夢にも思っていませんでした」

北村さんは話の途中で純一を見た。

「松木さん、お子さんはいま、おいくつですか」

「……どうしてそんなことを言わなければいけないんですか」

「いいから松木くん、答えたまえ」

言い淀《よど》む純一を部長がじろりとにらむ。

「……去年の十一月に生まれています」

「私はその頃、彼にお祝いを渡していますので、間違いないでしょう」

部長が北村さんに言う。純一の視線は北村さんへ向けられたまま、微動だにしない。

「逆算すると、鶴田さんは僕と別れてから半年後くらいに妊娠しているようですね。もちろん僕の子どもではない。僕と別れた理由は、そこにいる松木さんと付き合い出したからなんですね、鶴田さん」

北村さんに問いかけられても、鶴田さんは沈黙を守っている。

「ん？　ということは、松木くん。君が加藤さんと婚約していた時期に、鶴田さんは妊娠したのかね？　そうだ覚えているぞ。去年の二月、私の孫の誕生日に松木くんと加藤さんの結婚式の招待状が届いたんだ。そうだろう？」

部長の顔と声色が険《けわ》しいものへ変貌《へんぼう》した。

「……部長。プライベートなことですから」

「はっきり言いたまえ！　これは君だけの問題ではないんだ！」

言葉を濁《にご》す純一に、部長が声を荒らげる。

私や北村さんがこの場で怒るのは当然だ。けれど、なぜ部長がそんなに怒るのかわからない。純一が言う「プライベートなこと」はある意味、正当なものだ。

狼狽《ろうばい》する純一が、恐る恐る部長の顔を見た。

「ぶ、部長、何をそんなに怒って――」

「北村さんは弊社《へいしゃ》の工場増設の件で、大変お世話になっている方だ。まさかこんなところで、それも部下の失態が理由でお会いすることになるとは……」

堀川部長が額《ひたい》に手をやり、心底情けないという表情をした。すると純一は納得したように北村さんを鼻で笑う。

「工場増設でお世話に、ということは北村建設社の社員の方だったんですか。それはどうも」

「彼は北村建設社の次期社長だ！　いまは別会社の代表をしながら、北村建設社の事業にかかわる仕事を担《にな》っている方だぞ……！」

廊下に怒声が響き渡る。が、それは一瞬で、堀川部長は北村さんに頭を下げた。

「こ、これは申し訳ない。つい失言を――」

「いずれ周知されることですので、かまいませんよ」

北村さんの言葉を聞いた純一の顔が蒼白になる。さっきの鶴田さんのように。

「じ、次期社長……？」

「そうだ。彼は北村社長のご子息だ。君は……なんということを……！」

私の元職場「岩居《いわい》産業」は、資材の開発と設計を行う会社で、新設の工場やビルの建設などを北村建設社から任せられていた。岩居産業は大手といえども北村建設社の下請けにあたる立場だ。

そして北村建設社はスーパーゼネコンの会社。北村さんがその北村建設社の社長の息子だったとは……！

部長の言葉にあった別会社の代表というのは、ノースヴィレッジアーキテクツのことだ。彼は代表をしながら北村建設社に通っていたのか。だから「いつものところ」などという含んだ言い方をしていたんだ。彼の忙しさの意味がやっとわかった。

「松木くん。さっきの質問に答えなさい」

部長のイラついた声が響く。純一は渋々口をひらいた。

「……その方、北村さんが、えつ子の元婚約者だとは知りませんでしたが……私と加藤さんが婚約破棄になった理由は……その通りです。加藤さんと婚約中にえつ子と、付き合っていました」

消え入りそうな、そして泣きそうな声だ。

けれど、彼の行動が倫理に反しているのは最初からわかっていたこと。それは、北村さんの地位によって変わるものではない。

情けないという言葉しか頭に浮かばなかった。こんな人に振り回されていたのかと、心の底からがっかりさせられた私は、怒る気力も薄れてしまう。

「なんということだ……！　私はそんなことも知らずに、のこのこと披露宴に参加していたんだな。北村さん、私の監督不行届きで、部下がこのようなご迷惑をおかけし、誠に申し訳ありません！」

部長がもう一度、勢いよく頭を下げた。

純一と鶴田さんが明らかに動揺しているのが伝わる。私はただ黙って彼らの様子を見ているしかなかった。

「堀川さん、頭を上げてください。僕のことと会社は関係ないです。それに僕はいま、彼女とこうして幸せにしているんですから。ね、加藤さん？」

「えっ、あ、はい。そうなんです」

北村さんが急に私へ振ってくるから、声がうわずってしまった。

「ただ、僕たちが幸せだということを伝えておこうと思ったんです。そもそも放っておいてくれればいいのに、わざわざ二次会の招待状を送ってくるなんて、どういうつもりだったんだか」

北村さんが呆れた声で言うと、鶴田さんは彼をきっとにらんだ。

「月斗、本当なの？　あなたが北村建設社の社長の息子さんだって」

「ああ、本当だよ。堀川さんもそう言ってるじゃないか。で、それが何か？」

淡々と答える北村さんとは逆に、鶴田さんは興奮気味な声を上げる。

「ど、どうして婚約までしながら、北村建設社の社長の息子だと教えてくれなかったのよ！　知ってたら私、婚約解消なんてしなかっ――」

「えつ子!?　どういう意味だよ、それ……！」

純一に肩をゆすられた鶴田さんは、しまったというふうに顔を歪《ゆが》めた。

「そういうところが見え隠れしていたから、あえて隠してたんだよ。俺の後ろに北村建設社がついていると知ったら、それ目当てで俺と結婚したんだろ？　たったいま自分で言ったように」

北村さんが盛大にため息を吐《つ》く。

「俺がプロポーズしたあと、親に紹介する間もなく、別れようって言ってきたんだもんな。『あなたよりも頼りになって、いつも一緒にいてくれる人を好きになったから』なんて言ってたけど、それって経済的に頼りになるってことだった？　俺はまだ会社を立ち上げて一年ちょっとだったから、さぞ頼りなく見えたんだろうな」

それが本当なら、鶴田さんあなた、ひどい。

「皆様、お時間が押しておりますので、そろそろ」

介添人《かいぞえにん》の声が焦《あせ》りを含んでいる。部長は頷《うなず》きながら純一に向き合った。

「松木くん、いまはまだ三月だ。ぎりぎり間に合うだろう。上に話をしておくから転勤の内示が出るのを待ちなさい」

「ぶ、部長！　そんな！」

そう言い渡された純一は、もはや幸せいっぱいの新郎とは思えない顔になっている。

「どこがいいかね？　君の実家に近ければ、ご家族と同居もできるんじゃないか？」

「それは、や、やめてください……！」

鶴田さんが小さな悲鳴を上げる。

純一のお父さんとお母さんには、私も数度会ったことがある。九州の人で、私に優しくしてくれた。会場のどこかでふたりの子どもをお世話しているのかな。いまの鶴田さんの返事を聞く限り、鶴田さんとはうまくいってなさそうだけれど。

「では海外がいいか。なかなか人が集まらない掘削《くっさく》現場の監督が、人手が欲しいと言っていた」

「部長……っ！」

「なんだ、松木くん？　我が社の一大プロジェクトにかかわれるんだぞ？　もっと喜びなさい」

「申し訳ありませんが、本当にもう、お時間が押しておりますので」

何度も咳ばらいをしていた介添人《かいぞえにん》が、業を煮《に》やしたというふうに割って入った。

「ああ、すみません。では北村さん、松木の先行きについては追ってお知らせいたしますので、この件に関しては何卒《なにとぞ》……いや、本当に申し訳ないのですが……」

「いえ、そちらのよいようになさってください。僕には関係ありませんので」

北村さんは特に純一の処分を求めているわけではないが、部長を止める気はなさそうだ。

「ありがとうございます。それでは今後ともどうぞよろしくお願いいたします。失礼します」

何度もぺこぺことお辞儀をした堀川部長がこちらへ背を向けた途端、純一が私の目の前にきた。

「どういうことだよ、星乃！　なんなんだよ、これ！」

「どういうことって？」

「いまは披露宴の最中だったんだ、それを……！」

間に入ろうとする北村さんを、私は止める。ここでケリをつけたいから大丈夫だ。

私は純一を見上げ、そしてにらんだ。治まりかけていた怒りが再び込み上げ、私にこぶしを握らせる。そして次の瞬間、私はそのこぶしを振り上げていた。

「どうもこうも……あるかボケッ！」

「んがっ！」

思いきり純一の顎《あご》へパンチをしてやった。

「加藤さん、やめて！　ひどい！」

鶴田さんが目に涙を浮かべ、純一にしがみつく。

「ひどいって……どっちが？」

私は、泣かない。

「だって、何もいま、こんなことしなくたって――」

「いまじゃなきゃ意味がないでしょ？　もうあなたたちとは会いたくないんだから。あとはおふたりでどうぞご勝手に、いつまでもお幸せに！」

隣に北村さんがいてくれるから、泣かないんだ。

「私も北村さんと幸せになりますので。あなたたちに今後一切、かかわることはないでしょうからご安心を。もちろんそっちからも金輪際《こんりんざい》かかわってこないでね？」

私はふたりに背を向けた。

声も体も震えてはいない。ただ、心臓がバクバクして脚が動かなかった。

「行こう」

「あ、うん」

固まっていた私を溶かしてくれたのは、北村さんの声だった。彼に手を取られ、その場を離れる。

絨毯《じゅうたん》の敷かれた通路を足早に歩いた。繋がれている右手が、純一を殴ったせいでじんじんと痛む。

「やったじゃん、加藤さん」

北村さんが私の顔を覗《のぞ》き込みながら笑った。

「……手が、痛いよ」

「あれは効いただろ。思いきり殴ってたもんな」

ははっと声を上げる。思わず私も笑顔になった。彼らから離れてやっと、緊張感が薄れたようだ。

「カッコよかったよ、加藤さん」

「ありがと。北村さんもカッコよかったよ」

「俺は何もしてないって。加藤さんの力だ」

　繋いでいる手を、ぎゅっと握られた。私も握り返しながら、彼の目をしっかりと見る。

「ここにきて、大丈夫だった？」

「ああ。……衝撃的な事実を知ることができてよかったよ。しかし俺たちって、どういう縁なんだろうな。似た者同士っていうのかな」

「……うん。本当だね」

　私と北村さんは婚約指輪を売った日に出会った。そして婚約破棄を言い渡された者同士、慰《なぐさ》め合った。お互いの元婚約者同士が結婚するとも知らずに。

　運命という言葉を信じたくなるくらいに、不思議な縁だと思う。

　クロークでコートを受け取った私たちはそれを羽織《はお》る。ロビーには別の結婚式帰りの人々がたくさんいた。皆、幸せそうな笑みを顔に乗せている。

「そういえば、招待状って持ってきてる？」

「えっと、ここに……」

　私はバッグを探ってハガキを取り出す。鶴田さんが私へ送ってきた、結婚式の二次会の招待状だ。

「貸して」

「はい」

北村さんが差し出した手のひらに、ハガキを載せる。彼はそれを持ち直して私の前に掲《かか》げた。

「これ、もういらないよな?」

「うん、いらない。覚えていたくもない」

「俺も、見たくもない」

にっと笑った北村さんが、私に背を向けて歩き出す。慌ててついていくと、彼はドアマンに声をかけた。

「北村さん?」

彼の背中に問いかける。説明を受けていた彼はこちらを向いて、外を指さした。

「ああ、ごめん。あっちだって」

「あっち?」

ホテルから出て少し行った場所にダストボックスがあった。北村さんはそこへ招待状を投げ入れる。

「はい、これで終わり」

「北村さん……」

「もう俺たちにはなんの関係もない。かかわることもない。かかわりたくもない。だからこれで、いいよな？」

振り向いた彼が、穏やかな顔で言った。

そうだ、これ以上かかわらないでと、私が彼らに宣言したのだ。だからもう、ここに捨てていけばいい。

「うん……！　ありがとう」

惨《みじ》めだった思いも。つらかった日々も。全部ここに捨てる。

笑顔で答えると、北村さんも優しく笑った。

「じゃあ行こう」

「どこに？」

「ふたりでゆっくり話ができる場所。ケリがついたら俺に話があるって言ってたよね？」

「う、うん」

「しかし……ホテルの庭園くらいしかないな。それでもいい？」

「うん、そのほうがいい」

話をするためにどこかに入るとすれば、カフェかレストラン、喫茶店などだろう。この辺りだと、人が多くテーブルとテーブルの間が狭いため、周囲に会話が聞こえてしまう。気が気じゃなくて告白など、とてもできそうにないので庭園で十分だ。

（いよいよだ。自分の思いを北村さんに……きちんと伝えよう）

広大な日本庭園の奥へ進むと木々が立ち並んでいた。都心にいることなど忘れてしまう、自然豊かな場所だ。

北村さんがベンチの前で立ち止まる。

「座ろうか」

「うん」

ベンチに座って見上げると、うっすらとピンク色をした桜の木の枝があった。来週か再来週には咲くのだろう。

「寒くない？」

「陽があたってポカポカしてるから大丈夫」

「そうか。じゃあ聞かせて、加藤さんの話」

北村さんがメガネをかけ直した。私の背筋も自然と伸びる。

「先に質問させてもらってもいい？」

「ああ、もちろん」

「いつから堀川部長と知り合いだったの？」

「直接知り合ったのは、神奈川の工場増設の件で岩居産業から北村建設社に話があった頃だから、二年前くらいだな。でもその前から岩居産業は北村建設社の下請けでかかわっていて、俺の父親と堀川さんはゴルフ仲間として意気投合してたんだ。だから俺が北村建設社を継ぐことも知ってる」

「鶴田さんは北村さんのこと、本当に知らなかったの？」

「彼女が岩居産業に勤めているのを知ってたから、あえて何も教えなかった。仕事の内容を聞かれると困るし、彼女もやりにくいだろうと思って。打ち合わせは北村建設社にきてもらうか現場だったから、鶴田さんと別れたあとも彼女を見かけることすらなかったよ」

「そうなんだ……」

「やけに俺の父親の職業を知りたがってたんだよな。だから建設会社で働いてるサラリーマンだよ、とだけ伝えてたんだ。なんかイヤじゃん、親の役職目当てで近寄られるの」

北村さんが顔を上げて遠くを見た。私も同じほうへ視線を移す。柔らかな日が木々の間から地面に光を落としていた。

「そしたら、あからさまにがっかりした顔してさ。あの時の顔が忘れられなくて。……まぁ、それでも結婚しようと思うくらいには、好きだったんだけど」

「それは……そうだよ」

「いまは全く、そういう感情はないけどね。未練もない」

未練はないという彼の言葉にホッとした。でもその一方で、新たな心配が浮かび上がる。

北村さんの話を聞いた上で彼に好きだと告白したら。私こそ北村建設社の息子だということに惹かれた、などと疑われないだろうか。

もちろん、北村さんを好きだという気持ちは、彼の素性を知ったあともなんら変わらない。よこしまな気持ちなんてこれっぽっちもない。

ただ、告白をするにはタイミングが悪い気がする。

それでも言わなくては。彼に告白できなければ、今日のケリはつかないのだから。

足もとに小鳥が舞い下りた。地面をついばみ、私たちの前をちょこちょこと歩いていく。

それを見やりながら、北村さんは再び口をひらいた。

「北村建設社は、いずれ俺が継ぐ。でもその前に他の世界を見て勉強がしたかったし、小さい会社でもいいから自分の力を試したかった。自由にさせてもらう代わりに、自分の仕事をしながら北村建設社の事業にかかわるように、というのが父親から提示された条件なんだけどね。そっちの仕事は将来に向けての修業だな」

苦笑した北村さんは、羽ばたいた小鳥を目で追った。

「まだ他に、質問ある？」

「ううん……もう、ない。教えてくれて、ありがとう」

どちらからともなく、お互い視線を合わせて小さく微笑《ほほえ》み合う。

「俺、加藤さんに今日のことを聞いた時にさ」

「うん」

「加藤さんがなんでこんな目に遭《あ》わされなきゃいけないんだと思ったら、どうしても我慢できなかった」

彼の表情が少しずつ厳しいものに変わっていく。

「どこまで加藤さんを貶《おとし》めれば気が済むんだって、その男を殴って、相手の女を罵《のの》ってやりたかった。でも実際はもっとひどかったな。俺が鶴田さんを引き留めて、どうにか別れないようにしていれば、加藤さんはこんなつらい思いをしなかったんじゃないかと一瞬考えたくらいだ」

「それは違うよ……！」

私は純一と別れて本当によかったと思ってる。彼は遅かれ早かれ私を裏切っただろう。いつかはしっぽを出したはずだから、早めにわかってよかったのだ。

「そうだね、違う。だって俺はもう、加藤さんのことしか考えられないから」

「え……」

急に北村さんが切なげな声を出すので、戸惑《とまど》ってしまう。胸がぎゅっと痛んだ。

「鶴田さんの所業を聞いても、俺は加藤さんのことで頭がいっぱいだった。加藤さんを傷つけた彼女を許せない、それだけだ」

北村さんの表情は真剣そのものだった。

私を見つめる瞳に息をするのも忘れてとらわれていると、彼がふいにため息を吐《つ》く。

「俺が言ってる意味……わかってないでしょ、加藤さん」

「え？」

「っていうか、俺が告白しても全然スルーだったもんな」

「だ、だってあれは」

「どうせ熱が出たせいだとか、思ってるんだろ？」

私は彼の視線から逃《のが》れるように目を伏せる。

「……思うよ。だってあれきり、北村さん何も言わないし」

「シェアハウスは恋愛禁止って言ったの、俺だからね。あれ以上は言えない」

「あっ」

座ったままで肩を抱かれ、彼の温《ぬく》もりが私に触れる。どきん、どきんと心臓が大きく音を立てた。

「どうしてシェアハウスを恋愛禁止にしたと思う？」

北村さんの声が近すぎて、うまく返事ができない。

「加藤さんを奪われたくなかったからだよ、誰にも。それだけ」

「……奪われたくないって、誰に？」

「最初の時点で、石橋さんが加藤さんを狙《ねら》う可能性がないとは言えなかったから。いまはそんなことないみたいだけどさ」

言い終わらないうちに、彼は両手で私をそっと抱きしめた。私はどうしていいのかわからず、ただ全身を駆け巡る鼓動を感じながら動けずにいる。

「俺、加藤さんが好きだ」

心臓が掴《つか》まれたように、きゅーっと痛む。

「……北村さ、ん」

「本気で、好きなんだ」

低く、優しい声だった。

「同じ境遇の俺たちが出会ったのは運命だと思う。俺が思ってるだけかもしれないけど、相性もいいし、好きなものも似てるし、なんかさ……加藤さんから離れられそうにないんだ、俺」

「北村さん」

「名前だって、星乃に月斗だろ？　星と月なんて、ただの偶然とは思えないよ」

「……うん」

小さく頷《うなず》くと、北村さんの腕の力が強まった。私も彼の背中にそっと手を回す。

「俺、加藤さんのこと……星乃って呼びたい」

耳もとで囁《ささや》かれ、甘い刺激が私の体を支配する。そしてなおも熱い息が私の耳に吹き込まれた。

「堂々と星乃って呼びたいんだ。……だから、俺」

私も好きだよ、と返事をするために唇をひらきかけた。でもそれは次の瞬間、あっけなく遮《さえぎ》られる。

「俺、シェアハウスを出るよ」

言うと同時に、私から体を離した北村さんが立ち上がる。その背中に拒絶されているように感じ、ときめきで高鳴っていた心臓がイヤな音を立て始めた。

（北村さんがシェアハウスを、出る？　私を好きだから、星乃って呼びたいから……？　だから出ていく……？　意味が、わからない）

「どうしてそうなるの？」

私は彼の背中に向かって叫んだ。周りの木々にいた小鳥が私の声に驚き、一斉に飛び立つ。

北村さんは私を見下ろして眉根を寄せた。

「どうしてって……これが、俺のケリをつけたかったことだからだよ」

そんな答えは納得がいかない。

私も立ち上がり、北村さんの前に立った。

彼はメガネの真んなかを押さえて私を見つめる。こちらの話を拒否する様子はなさそうなことに安心して、私は言葉を続けた。

「北村さんの『ケリをつける』って、シェアハウスを出ることだったの？」

「正確には、加藤さんに告白してシェアハウスを出る決心をつけること、かな」

「そんな……」

「俺が恋愛禁止だって言い出したんだから、しょうがない」

確かにそうなんだけど、と思った私の頭に、シェアハウスの住人のことが浮かんだ。

「じゃあ石橋さんはどうなるの？　彼だって十和田さんと……」

彼は私たちの前で十和田さんと付き合いたいと宣言した。それは大丈夫で、北村さんが私を好きなのがダメだという理由を知りたい。

「石橋さんは『シェアハウスを出てから付き合ってほしい』って十和田さんに言ってた。その手があったかと思ったけど、やっぱり俺には無理」

彼が小さく息を吐く。

「どうして無理なの？」

「俺はいますぐオーケーもらって、付き合って、その日のうちに加藤さんを抱きたいから無理」

「っ！」

ストレートな彼の思いを受けて言葉を失った。

北村さんと過ごした夜のこと。慰《なぐさ》め合った互いの体温や息遣い。翌朝あふれた涙。私の頭を優しく撫《な》でてくれた手のひら――

それらが頭を駆け巡ってしまい、どう答えていいのかわからなくなる。ただ顔を熱くして黙っていると、彼が苦笑した。

「ほら加藤さん、困るだろ？　だからこういう気持ちを持ったままの同居はダメなんだよ。職場は一緒だけど、仕事は仕事だ。それ以上のことはない」

北村さんは首の後ろを掻《か》きながら、ひとり納得していた。

彼にはこういうところがある。いままでも、彼のことをわからないと何度も思った。

私の予測がつかないことをサラリと言って、何を考えているのかわからなくて……気になる。気になって仕方がなくて、目が離せなくなってしまう。

「じゃあ、私の気持ちはどうなるの？」

彼の言い分はわからなくもないけれど、それでは私の気持ちが宙ぶらりんだ。

「私まだ、北村さんになんの話もしてない」

「ああ、そうだね。ごめん」

メガネの向こうの瞳がこちらをじっと見つめてくる。

「なんか……言い出しにくくなっちゃったけど、言うね」

「ちゃんと聞くよ。だから教えて」

彼の言葉に小さく頷《うなず》いた私は、息を吸い込んだ。

「私だって、北村さんのことが、好き……です」

しどろもどろで目を泳がせた、まるで中学生みたいな告白になってしまった。

大人になってからの告白がこんなにも難しいものだとは。妙に恥ずかしくて、照れくさくて、まるで恋愛初心者のようだ。

「本当に？」

恥ずかしさに火照《ほて》った顔を北村さんに覗《のぞ》かれる。

「本当だよ」

「本気で？　俺に気を使ってない？」

「気を使うって、どうして？」

彼は私を好きだと言ってくれた。私も好きだと応えているのに、その言葉の意味がわからない。

「まだ、本当の元気な笑顔になってるようには見えないな」

「そ、そんなことないよ。もう元気だよ……！」

困ったような笑みを見せる北村さんに訴える。

私が元気になったかどうかを確認したい、私の本当の笑顔を見たいと、彼は前から言っていた。

いま、私はもう元気だと自覚している。

北村さんが、そっと私の手を取った。

「あの松木っていう元カレのことで、加藤さんはずっと傷ついてた。シェアハウスに応募してきたのは元カレのことをふっきるためだったんだよな？　で、俺は加藤さんとあの夜を過ごしたあとからずっと、加藤さんが元気になったのかどうか気になってた」

彼の体温が伝わってくる。私よりも少しだけ高くて、あったかい。

「シェアハウスで楽しそうにしてる加藤さんを見て、俺は嬉しかったよ」

穏やかな声が私の胸に響いた。

「元婚約者とその周りにいた人たちとは極力かかわらない。その代わり、シェアハウスで昔の自分を知らない人と過ごす。気分を一新させるにはとてもいい方法だと思う。俺もそうだ。加藤さんがシェアハウスに入るならなおさら、一緒にいたいと思った」

彼は、何を言おうとしているの……？

「加藤さんの傷が癒えたのは、俺と一緒にいたせいだけじゃない。十和田さんや石橋さん、皆と一緒にいて、ゆっくり生活できたからだ。俺の会社で働いたことも気晴らしになってたら嬉しい。でもそれと、俺を『好き』だという気持ちを混同するのはダメなんじゃないかな」

「混同……？」

「俺と離れてみて、それで考えてほしい。俺のことを本気で好きかどうか」

取られていた手をぎゅっと握られた。

「……変なこと、言わないで」

それが、あなたが出した答えなの？

「変かな」

「変だよ。私は好きだって言ってるのに――」

「俺も好き。だから離れる」

言葉とともに彼は私の手を離した。

「我慢できそうにない俺が悪いんだよ。とにかくシェアハウスの契約が終わる日まで、この話は保留にしよう」

「シェアハウスが、終わったら？」

「まだ加藤さんの気持ちが変わってなければ、改めて告白させて」

「変わると思ってるの？」

「思いたくないけど、先のことはわからないし、俺は加藤さんのことを縛りたくない」

「……」

「帰ろう」

もしかしたら北村さんも……私が前に思っていたように、新しい関係へ飛び込むのが怖いのだろうか。そう思ったら何も言えなくなってしまった。


翌週の日曜日。

今日は従弟《いとこ》の秀ちゃんの結婚式だ。青山のレストランに併設されたチャペルで式が行われる。私は両親と妹の春乃とともに参列していた。

北村さんは私に宣言した通り、シェアハウスを出ていった。彼の荷物は極端に少なかったため、本当にあっという間だった。

十和田さんと石橋さんは納得がいかないという顔をし、私は引き留めることもできず、三人で彼を見送ったのだ。それでよかったのかはわからないけれど、北村さんの決心が固い以上、どうすることもできない。

牧師の前に立つ新郎新婦を見つめながら、もしも純一と結婚していたらどうなっていただろうかと、ぼんやり考える。そう、北村さんが一瞬考えたというストーリーだ。

鶴田さんと純一がなんでもなかったら。

純一が浮気なんてしなかったら。

彼らが付き合うことがなかったら――

けれど、いくら考えても同じ答えにたどり着く。

パイプオルガンが響き渡り、荘厳《そうごん》な曲が場を満たした。誓いの言葉を聞きつつ、妙にすっきりした頭で、私はその答えを反芻《はんすう》する。

――やはり私は、純一と結婚しなくてよかった。

彼は鶴田さんでなくても、別の女性とああなっていたと思う。鶴田さんが妊娠しなければ、私は純一に騙《だま》されたまま結婚に至っていただろう。そして鶴田さんは職場で私を見るたびに、優越感に浸《ひた》っていたかもしれない。

そんな彼らのお陰で私は北村さんに出会えたのだ。いまはただ、北村さんを好きだという気持ちを大切にしたい。心からそう思った。

挙式のあとの披露宴が無事に幕を閉じ、参列者はレストランの出口へ向かった。

披露宴に参加した人たちを見送るため、新郎新婦がそこにいる。列に並んでいた私の番がきた。

「秀ちゃん、おめでとう」

タキシード姿の従弟《いとこ》に笑顔で挨拶《あいさつ》をする。ずいぶん大人になったなぁと、秀ちゃんの幼い頃を思い出す。秀ちゃんは照れくさそうに笑ったあと、真剣な面持《おもも》ちを私に向けた。

「星乃ねーちゃんは絶対に幸せになれる。俺が保証するから」

「秀ちゃん……」

私を気遣う彼の言葉に胸が熱くなる。本来ならば私が先に結婚式を挙げていたのを、秀ちゃんはもちろん知っている。

「じゃあ、おすそ分けしてよ」

「そうだな。えっと、何がいいかな……」

苦笑した私に、秀ちゃんが焦《あせ》った声を出した。

「冗談よ。ふたりともお幸せに――」

「これ、どうぞ」

ふいに秀ちゃんの横にいた新婦の優海《ゆうみ》さんが、私にブーケを差し出した。真っ白い花の間にいくつか淡いブルーの花があしらわれている。

「え……?」

「受け取ってください」

「いいの?」

「はい。ブーケトスの代わりみたいな感じで、よかったらもらってくださると嬉しいです」

満面の笑みで言ってくれたので、私は図々《ずうずう》しくも、彼女からブーケを受け取ってしまった。

「ありがとう。……嬉しい、すごく。……ありがとう」

胸がさらにじんわりと温まっていく。本当に幸せをおすそ分けしてもらったみたいだ。

秀ちゃんと優海さんが私を見て、優しい笑顔で何度も頷《うなず》いている。

「秀ちゃんの言う通り……私、幸せにならなくちゃね」

「そうだよ、星乃ねーちゃん」

「ありがとう、秀ちゃん。優海さんもありがとう。お幸せにね」

改めてふたりに挨拶《あいさつ》をし、少し先で待っている両親と妹のもとへ向かった。

私は、幸せにならなくてはいけない。

自分に言い聞かせるように何度も頭のなかで繰り返しながら、北村さんを思う。

（北村さん。あなたの隣にいることが、いまの私の幸せなの。それをどう伝えたらわかってもらえる？　本当に元気になれたのだと、わかってもらえるにはどうしたら……）

手にしたブーケに顔を近づけると、優しい春の匂いが私を包んだ。

朝から冷たい雨が降っている。先日の秀ちゃんの結婚式は晴れてくれて本当によかった。

会社に着いた私はミニキッチンでお湯を沸かし、電子レンジで牛乳を温める。カフェオレにしようかミルクティーにしようかと思いつつ、別のことが気になって仕方がない。お気に入りのマグカップにティーバッグを入れてお湯を注《そそ》ぐ。紅茶のいい香りがキッチン中に漂《ただよ》った。

静かに後ろを振り返った、その視線の先に、いる。毛布を何枚も重ねてミノムシみたいな格好でお客様用のソファに寝ている……私の好きな人が。

先日シェアハウスを出た北村さんは、仮の宿として会社に寝泊まりしていた。彼は荷物が少ないので寝場所さえあればなんとかなるらしい。

ここは小さいながらもキッチンがあり、冷暖房が完備されている。近所にコンビニやスーパー銭湯もあり、ほとんど不自由はないそうだ。

けれど、本当にこれでいいのだろうか。

そんなことを思いながら見つめていると、北村さんがのそりと起き上がった。頭を掻《か》いた彼はこちらに気づいて会釈《えしゃく》をする。

「加藤さん……？　おはよう……」

「お、おはようございます。すみません、起こしちゃって」

起き抜けの鼻にかかった声に胸がきゅんっとして、私は思わず動揺する。

「いや、そろそろ起きないとヤバいんだ。ちょうどよかった。なんか今日……寒いな」

上下スウェット姿の北村さんはソファを立ち、トイレへ向かう。私はその間に温めた牛乳を紅茶に入れた。

「どうだった？」

トイレから出てきた彼が、こちらへきた。

「どうって？」

「従弟《いとこ》さんの結婚式」

「あ、はい、とても幸せそうでした」

「よかったね」

北村さんはあくびをしながら、自分のマグカップを棚から取り出す。彼が好んで飲むのはドリップバッグのコーヒーだ。

隣に立つ北村さんを、私は体中で意識している。くっついているわけではないのに、彼の温《ぬく》もりを感じてしまう。その腕のなかにまた、包まれたい――

「あの……っ」

気持ちを振り払うように声を出した。朝から何を考えているの、私は。

「何？」

「ええと、ソファで寝てて体は痛くないんですか？」

「うんまぁ、慣れてるから」

言われてみればシェアハウスのリビングのソファでもよく寝ていたっけ。でも毎晩それでは相当体がキツいのではと、心配になる。

「大丈夫だよ。そのうちいいところが見つかったら、すぐに移動するから」

北村さんはドリップバッグを広げ、私が沸かしたポットのお湯を入れた。

「そう、ですか……」

どう返していいのかわからなくて曖昧《あいまい》な返事になってしまう。

「加藤さん、ここのところずいぶん早い出社だけど、そんなに仕事溜まってるの？　大丈夫？」

「っ！」

心臓がどきんと大きく鳴る。

怪しまれるのは当然だ。北村さんのことが気になって気になって仕方がなくて、彼がシェアハウスを出た翌日から、いつもより三十分以上も前に出社しているのだから。

「す、すみません。大丈夫です」

「いや、いいんだけど、ひとりで抱え込まないようにね。大変なら俺もやるから、仕事回すんだよ？」

「……ありがとうございます」

優しい声にいちいちときめいてしまう。

静かに降り続ける雨音だけが、ふたりの間に響いていた。デスクに戻るきっかけが掴《つか》めない。

沈黙が耐えられそうになくて話題を探す私に、彼がぼそりと呟《つぶや》いた。

「なんかこういうの、イヤだな」

「え？」

「急によそよそしくなった感じがする。俺が普通に話しかけても、敬語ってさ」

メガネの真んなかを押した彼は、大きくため息を吐《つ》いた。

「だってここは職場だし、私は雇われ人だし、あなたは社長だし……！」

自分から離れたクセに勝手じゃないかという思いと、私が早く出社している理由を知られたくないのと、私だって敬語なんて使わないで普通にしていたいのに、という思いが混ざって、声がうわずってしまう。

「そうだけどさ。前にも言ったけど、ふたりの時ぐらいは敬語を使わないで話そうよ。ダメ？」

こちらを向いた北村さんが私と視線を合わせた。

「あんまりそっけなくされると寂《さび》しいし、さ」

本気で寂《さび》しそうな、そんな声は出さないでほしい。さっきから胸が苦しくて仕方がないのだ。

北村さんがマグカップに口をつけた。私もちょうどよい温度になったミルクティーを口にする。

柔らかな甘さが、じんわりと喉を通っていき、私は彼と一緒にホットミルクを飲んだ夜を思い出した。あの時は、彼がシェアハウスを出ていく未来なんて想像もしていなかった。

「おはようございまーす」

半分も飲み終わらないうちに、社員の内村さんが出社する。

「おはようございます」

「加藤さん、最近早いね。無理しないでね」

「大丈夫です、ありがとうございます」

内村さんは私に笑いかけてから、北村さんに顔を向けた。

「杉並《すぎなみ》の向井《むかい》さんちの件で、ちょっといい？」

「やっぱりまだダメだって？」

「それが、別のキッチンを提案したんだけど――」

あっという間にお仕事モードに変わった北村さんの背中を見つめながら、私は小さくため息を吐《つ》く。窓の外はいつの間にか雨足が強くなっていた。

「いただきま～す」

会社から帰宅後、私は十和田さんと、石橋さんが作ってくれた季節はずれのおでんを囲んでいる。

今日は冬に戻ってしまったかのように一日中寒かったので、休日の石橋さんがおでんを作って私と十和田さんを待っていてくれたのだ。

「結構頑固なんだな、北村さんは」

大根をはふはふと頬張りながら石橋さんが言う。

「ほんとだよ。別に誰が責めるでもないんだから、堂々とここにいればいいのに。だいたい社長のクセにシェアハウスに住む契約を勝手に破棄して、どうするつもりなわけ？　うわ、あっつ！」

口に入れたしらたきの熱さに、十和田さんが顔をしかめた。

「だよなぁ。自分からシェアハウスにきておいてさ、それで加藤さんを好きになっちゃったからって出ていくとかないわー、ないない」

私はふたりの会話を聞きながら、ちくわぶを取り皿に入れた。

「これ、すごくおいしい」

つゆがしっかり染み込んでいる、くたくたのちくわぶが本当においしい。あったかさが胸をじんとさせる。いまは何も考えずに、ただおでんをじっくり味わいたかった。

「石橋さんの作ったおでん、ほんとおいしいよね。今日は寒いからよけいにおいしかったりして」

「ほんとね」

十和田さんの言葉に私が頷《うなず》くと、石橋さんが嬉しそうに笑った。

「だろ？　俺、おでんは一年中でも食いたい派なんだ」

「わかる！　私も一年中コンビニに置いててほしいもん」

十和田さんも明るく笑う。

（私に気を使って楽しげな雰囲気にしてくれてるんだろうな。ふたりとも本当にいい人）

シェアハウスを出ていく直前、北村さんは石橋さんと十和田さんに私たちの事情――北村さんが私を好きだから出ていく、という説明をしていた。もちろん私の同意を得てから、彼らに話している。

北村さんの頑《かたく》なな決意に、その場ではあまり突っ込まなかったふたりだけれど、残された私のことをとても気にかけてくれているのだ。

「ごめんね、気を使わせちゃって……」

申し訳なさから呟《つぶや》くと、ふたりがぶんぶんと首を横に振った。

「何言ってんの、全然だよ」

「俺は気なんか使ってないけどさ、加藤さんのせいで北村さんが出ていったわけじゃないんだ。そのことで落ち込んじゃダメだよ？」

石橋さんは大きく開けた口に卵を入れる。十和田さんはお団子ヘアを揺らしながら頷《うなず》いた。

「そうそう、責任感じなくていいよ。北村さんが勝手に出ていったんだからさ。あー……、でも会社では一緒なんだもんねぇ」

「どんな感じなんだ？」

「あんまり会わないんだよね。すぐ現場に行っちゃって、帰ってきてもお客さんと打ち合わせしてるし……他の社員さんもいるから、仕事中にふたりっきりになることって、ほとんどないんだ」

だからこそ私は早い時間に出社して、彼との時間を無理やり作っている。実は迷惑だったらどうしようと思っていたりもした。

「北村さんのあとは、誰かがここに入るのかなぁ」

おでんで温まった顔を手で扇《あお》ぎ、十和田さんが呟《つぶや》く。

「海猫ハウジングの社員さんで、シェアハウスに住みたいって人がいるらしいから、その人に頼むんじゃないかな？」

「それもなんだか、面倒だよね」

「まぁ、そうだなー……」

十和田さんのため息に、石橋さんが目を伏せた。

しばらく三人暮らしが続くのだろうか。

途中で違うメンバーが入ったら、いままでとは違う雰囲気になってしまいそうだ。

私は目の前に立ち昇る湯気のようなモヤモヤを、ふたりに聞いてもらうことにした。

「私がいま、一番気になっているのはね、北村さんが……私の気持ちを信じてくれないことなんだ」

お箸をお皿に置いて、言葉を吐き出す。

「何それ」

「どういうこと？」

手を止めたふたりが目を丸くする。

「北村さんはふたりに話してもかまわないって言ってたから、話すね」

シェアハウスを出ていく直前、彼は自身の婚約破棄騒動についても、必要があれば十和田さんと石橋さんに話してもいいと私に告げていた。

私は、北村さんの過去と、私自身も婚約破棄された話を彼らにうちあける。シェアハウスにくる前、私と北村さんが出会っていたことは伏せた。

「……そっか……、北村さんもつらかったんだね。加藤さんの話は前にチラッと聞いてたけど、まさか北村さんも同じ目に遭《あ》っていたなんて」

　十和田さんがグラスのビールを一気に飲み干した。

「だからね、北村さんも私みたいに、新しい一歩を踏み出すのが怖いのかもしれないと思ったの。また同じ失敗をしてしまったらと考えると、安易に飛び込めないのかなって。だから私が好きだと伝えても、信じられなくて出ていったんじゃないかと……」

　私は自分の気持ちを正直に口にしてみた。

「それは違うなー」

　石橋さんがにやりと笑いながら、顔を横に振った。

「えっ」

「多分、北村さんが出ていったのは、加藤さんの気持ちに関係なく、我慢ができなかったからだと思うよ」

「我慢できない？」

　十和田さんと私は顔を見合わせる。

「いますぐにでも加藤さんとお付き合いしたかったんじゃないの。俺みたいに紳士ではいられないってわけだ、北村さんは」

「わぁっ、北村さんって草食っぽく見えるのに意外！」

　十和田さんが悲鳴を上げる。

　確かに北村さんはそう言っていたけれど、本当にそれだけが原因なの……？

「そんな感じで言われなかった？　加藤さん」

「うん。……似たようなこと、言われた」

顔を熱くさせて頷《うなず》くと、十和田さんは後ろにのけぞり、石橋さんは声を上げて笑った。

「彼なりのケジメかもな。俺が、シェアハウス期間が終わるのを待って十和田さんに告白するって言ったもんだから、引っ込みつかなくなったんだろ」

「だったらなんで、恋愛禁止とか自分から提案しちゃったのよ？　全く、もう……！」

「それなー、意味がわからん」

それについての答え……私を誰にも奪われたくなかったからだという、北村さんの発言は胸にしまっておいた。

「俺は北村さんも一緒がいいんだよな。三人暮らしも楽しいけどさ、北村さんが戻ってくれて四人暮らしなら、もっといい。あと半年もないんだから元に戻りたい」

「私も。加藤さんは？」

ふたりが私を見る。彼らの言葉が胸にじんと沁《し》みた私は、心のままを口にした。

「私だって……、私だって皆一緒がいいよ……！　四人暮らしがいい」

涙声になってしまった。だって、とても嬉しい。ふたりが私の気持ちを代弁してくれたから……

せっかく出会って知り合って、何か月も一緒にいたのだ。期限まで皆、一緒がいい。

十和田さんが私の頭にそっと手を置き、石橋さんがにっこり笑う。

「そうだよねぇ、一緒にいたいよねぇ」

優しく撫《な》でてくれる十和田さんの手を取ると、とても温かかった。お互いに手をぎゅっと握り合って石橋さんに視線を向ける。

「なんとかならないかな？」

「どうしたらいいんだろう？」

十和田さんと私の問いを受けて天井を仰《あお》いだ石橋さんが、ぼそりと言った。

「……なぁ、イベントやらない？」

「イベント？」

私と十和田さんが首をかしげると、石橋さんはこちらへ身を乗り出す。

「せっかくシェアハウスに住んでるんだからさ、ブログで報告するだけじゃなくて、なんていうか……イベント！　な？」

「イベントって何？　ここでお祭りとか出し物をやるの？　意味わからなくない？」

十和田さんがふうとため息を吐《つ》くと、石橋さんが腕を組んだ。

「いや俺たちだけが楽しむんじゃなくて、なんていうの？　いつもブログを見てくれている人を……招待するとか」

「シェアハウスの様子を、直《じか》に他の人たちに見せるってこと？」

目を丸くした十和田さんの横で、私はポンと手を叩く。

「もしかして、内覧会みたいなことをやりたいんじゃない？」

「そう、それ、内覧会！　それが言いたかったんだよ」

石橋さんが嬉しそうに拍手した。

「もともとここは、海猫ハウジングがリノベーションした古民家をシェアハウスにするっていうプロジェクトの実験段階として作られたものだ。まず俺たちが住んでみて、その様子を見せ、使い心地をブログに書いて宣伝する。そうだよな？」

「そうだね。って言っても、ブログは加藤さんがほとんど書いてるけど」

いつもすみません、とふたりが頭を下げる。比較的自由な時間がある私が書くことが多いが、楽しいので全く苦になっていない。だから「いいの、いいの」と私は笑ってビールを飲んだ。

「海猫ハウジングと北村さんの会社のSNS経由でブログへ結構な数のアクセスがあるだろ？　コメントも入るようになったし。興味のある人がたくさんいるってことだよ。そういう人たちに向けて内覧会をするんだ」

石橋さんの提案に、私と十和田さんはふんふんと頷《うなず》いた。

「建物の専門的なことを俺らから伝えるのは難しいけど、どういうふうに住んでいるかぐらいは話せるよな？」

「うん、話せると思う。住んでいる私たちが一番よくわかってるから」

私はおでんの鍋から、大根をお皿に取った。

「内覧会をするのはいいけど、北村さんの話はどこ行っちゃったわけ？」

ぐび、とビールを飲んだ十和田さんが問う。

「その内覧会で、北村さんに向けて何かを訴えることができないかな。訴えるっていうか、伝える？　シェアハウスに戻れるように」

「内覧会やって、そこで北村さんを引き戻すって、ちょっと無理やりすぎない？　もっと作戦考えようよ」

「北村さんをおびき寄せるには、いいと思ったんだけどなぁ」

石橋さんが肩を落とした。

北村さんがここへ戻ってくるために、まずどうしたらいいのか。

私は大根を味わってから口をひらく。

「北村さんがここを出ていったことは、ブログに載せてないじゃない？　海猫ハウジングのサイトやSNSでも公表されてない。だからブログを見ている人は誰も欠けていないと思ってる。それにどのみち内覧会をすることになったら、責任者の北村さんがシェアハウスにいないとダメだよね？」

「訪問客の質問を受けるなら、責任者がいないとダメだよな、うん」

石橋さんが大きく頷《うなず》く。

「北村さんのことは別として、内覧会はとてもいいと思うんだ。シェアハウスに住んでいる私たちの意見をブログを見た人たちに直接知ってもらういい機会だし、それは海猫ハウジング側としても喜ばしいことなんじゃないかな」

「とりあえず、北村さんがここにくる理由になればいいか。戻ってきてほしいと伝えるのは、それからでも遅くないもんね」

「だな。それでいってみるか」

私の言葉にふたりとも賛成してくれた。

「私、明日会社で北村さんに提案してみるよ」

善は急げだ。こういうことは早いほうがいい。

「頼んだ」

「よろしくね、加藤さん」

私たちは残りのおでんをつつきながら、内覧会の内容を考え始めた。


食後の片付けを終えて部屋に戻った私は、スマホを手にして畳の上に寝転んだ。

北村さんとのメッセージ画面を呼び出し、遡《さかのぼ》る。彼がシェアハウスを出ていく前でやり取りは終わっていた。それきり、プライベートでは連絡すら交わさない日々が続いている。

「……はぁ」

最近、こんなため息ばっかりだ。

（シェアハウス終了まであと半年もないのに、その間に私の気持ちが変わる……？　北村さんは本気でそんなことを思ったの？）

彼が言う通り、待つしかないのだろうか。それもなんだか違うような。

「告白しても信じてもらえないなんて、これ以上どうしたらいいの」

私はもう一度ため息を吐《つ》いて、畳からのろのろと起き上がった。窓の外に目をやると外灯に照らされた夜桜が、ひらひらと花びらを散らしている。それらはすぐに暗闇に溶けて視界から消えた。行き場のない私の思いも、いったん見えなくしてしまえばラクかもしれない。

「でもそれは、違うよね」

彼に信じてもらえなくても、私は自分の気持ちを信じたい。見えなくても確かにあるのだと、花びらを手にしたいと、そう思った。

内覧会はトントン拍子に決まった。

北村さんがすぐにオーケーを出し、彼の連絡を受けた海猫ハウジングの許可も難なく下りたからだ。

その後、私たちは家のなかを徹底的に掃除し、訪問客に何を聞かれてもいいように資料作りをした。

住んでいて快適なこと、困ったこと、居心地のよさ、防音、食事の分担などについて意見を出し合う。

こうして改めてシェアハウスについて考えてみると、ほぼ不満がないことに驚いた。私たちの相性がよかったのか、この家自体の住み心地がいいからか。どちらもなのだろう。

皆大人で、ワガママを言わない。

だからこそ……北村さんは出て行ったのだ。だけど、このままじゃどうしても納得がいかない。

そして四月下旬のゴールデンウィーク初日。内覧会の日がやってきた。訪問客を迎える三十分前に、北村さんがシェアハウスに到着する。

「北村さん、久しぶり！」

「きたな！　元気だった？」

玄関で北村さんを出迎えた十和田さんと石橋さんの声を聞いて、キッチンにいた私の胸がずきんと痛む。私も急いで玄関に向かった。

「お久しぶり。ふたりとも元気そうじゃん」

レモン色のTシャツにジャケットを羽織《はお》り、ネイビーのパンツを穿《は》いた北村さんが、ふたりに笑いかけている。

「まぁ、相変わらずかな」

「北村さんは少し痩せたんじゃない？　ちゃんと食べてる？」

「食ってるよ。ちょっと仕事が忙しくてさ」

彼は会話しながら、私のほうへ視線を向けた。毎日会社で会っているのに、なぜか私はとても緊張している。

「加藤さん、お疲れ様」

「北村さんこそ、お疲れ様です」

シェアハウスで会うのが久しぶりだからだろう。彼の視線と、ひとことひとことに胸がときめく。

「じゃあ、お邪魔します」

「あ……」

思わず出した私の声に、北村さんが不審げな表情をする。

「何？　上がっちゃまずかった？」

「う、ううん、違うの。ごめんなさい、なんでもない」

（『ただいま』じゃ、ないんだ……）

ここはもう本当に、北村さんが帰ってくる場所ではなくなってしまったんだと思い知らされる。

彼がシェアハウスを出て一か月以上だ。いまさらなことで、心が沈んでしまった。

「――へえ、すごいじゃん。石橋さんって、やっぱりこういうのが得意なんだ？　文房具メーカーの営業だもんな」

リビングのソファに座った私たちは、訪問客に配布する予定のペーパーを北村さんに見せた。彼は何度もペーパーを見て感心している。

「少しでも絵が描けると、営業先でポイント上がるわけよ」

「俺はこういうの全然ダメだから尊敬するよ」

「文章は加藤さんが考えたんだけどね」

「加藤さんはブログを書くのも上手だもんな」

こちらを見た北村さんに優しく微笑《ほほえ》まれて、胸がきゅっと痛くなる。

「そんなことないよ」

「そんなことあるって」

笑った北村さんは、私から視線を外した。どぎまぎしているのが私だけなのだと思うと、複雑だ。

「飾ってる花、綺麗だね。そういえば玄関にもあったな」

　リビングにある棚の上の花を北村さんが褒めると、十和田さんが得意げに右手を上げた。

「それは私だよ。かわいいでしょ？」

「うん、センスある。いいね」

「十和田さんはこういうのが得意なんだよな？」

　石橋さんが口を挟むと、十和田さんの顔がぼわっと赤くなった。

「べっ、別に得意じゃないけど、好きなだけで……」

「照れるなって」

「照れてなんかいないでしょ……！」

　ふたりがうまくいってそうな雰囲気が読み取れる。十和田さんも石橋さんもいい人だ。彼らの仲がいいのは心から嬉しい。

　私も……北村さんとの仲を、一歩進ませたい。

「悪いね、いろいろやらせっぱなしで。俺、責任者のクセに何にもしてないな」

「そんなことないだろ。海猫ハウジングに連絡取ったり、段取りもしてくれたり、裏で動いてくれたんだから」

　私と十和田さんも石橋さんに賛同する。北村さんが困ったように笑った。その表情にまたも胸が痛くなる。いちいち反応しすぎだ。

「飲み物持ってくるね」

いまは彼と少し離れたほうがいいかもしれないと思い、私は立ち上がった。

「俺も行くよ」

なのに、あろうことか北村さんも立ち上がる。戸惑《とまど》う私に十和田さんと石橋さんが目配せをくれた。ふたりになれという、気遣いだ。

私は彼らの気持ちを受け取り、北村さんと一緒にキッチンに入った。

朝からよく晴れ、暑いくらいだ。窓の外をツバメがスイスイ飛んでいく。もう初夏なのだ。

「冷たいのがいいよね？」

「ああ。グラス出すよ」

「ありがとう」

平静を装《よそお》いつつも、まだ胸のドキドキが収まらない。会社と違って、彼との距離がとても近く感じた。

「やっぱりいいな、シェアハウス。ここにいると安心するよ」

グラスに氷を入れながら、北村さんが笑顔になる。

「そう思う？」

「ああ」

それなら、戻ってくればいい。ここにいてまた皆と一緒に過ごして、私のそばにいてほしい。そう言いたいのに――

「あ……っ！」

冷蔵庫から二リットルのペットボトルを出した私は、何もないところでつまずいた。

「おっ、と。大丈夫？」

北村さんが咄嗟《とっさ》に体を支えてくれる。彼の胸のなかに飛び込んだ形になってしまった。

「だ、大丈夫。ごめんなさい……！」

「いや、いいけど」

大きな手のひらの温かさが、ブラウス越しに伝わり、体が瞬時に熱を持つ。顔も真っ赤になっているはず。

離れようとした私の顔を、北村さんが覗《のぞ》き込んだ。

「加藤さん、俺」

「え？」

「俺さ、来週から――」

彼が何か言いかけた時、ピンポン、とシェアハウスのインターホンが鳴った。

「もうきたのか」

顔を上げた北村さんは、私の体から手を離して一歩踏み出す。離れようとしていたのは私なのに、いざ彼にそうされると寂《さび》しくてたまらない。

胸が張り裂けそうに痛む。こんなにも彼のことを好きだと自覚させられて、つらくて仕方がない。

私は、リビングへ向かおうとした北村さんのTシャツの裾を引っ張った。

「え……どうした？」

立ち止まった彼に問われる。

「ねえ、北村さん」

「ん？」

「いま、何を言おうとしたの？」

「……あとで話すよ」

本当は、こんなことを聞きたいわけじゃない。

「どうして、いまじゃダメなの？」

内覧にきた訪問客を迎えに、十和田さんと石橋さんが玄関へ向かう足音がここまで届く。

思いがけず、こちらへ向き直った北村さんに、腕を引っ張られた。

「困るんだよ、そういう顔されると」

「あっ」

次の瞬間、私はまたも彼の胸のなかに収まっていた。

「ちょっ、北村さ……」

「だからダメだって言ってるのに……！」

押し殺したように呟《つぶや》く彼の言葉が耳に入り込み、同時に私はぎゅっと抱きしめられる。

「そんなかわいい顔されたら、俺……止まらなくなる」

切ない声が私の胸を打つ。

「他に誰がいても、こうやって加藤さんのこと抱きしめたくなる。もしここに石橋さんたちがいたとしても俺、自分を止められる自信がないんだよ……！」

強い力で拘束されながら、彼の言葉のひとつひとつを胸で反芻《はんすう》した。その意味を噛みしめるたびに、甘美な恋心が私の心と体を満たしていく。

「だから俺、決めたのに」

「……決めた？」

顔を上げると、北村さんの顔が目の前にあった。こちらを見る真剣な眼差《まなざ》しに圧倒されているうちに、彼がメガネを外す。と、同時に――

「んっ！」

――強く唇を塞《ふさ》がれてしまった。

「……ん、んんっ」

口中に割り入ってきた彼の舌が、私の舌に絡《から》む。拒否するわけではないけれど、どうしたらいいのかわからない……

北村さんと出会った夜に交わしたキスを思い出す。優しくて激しいキスはいまもなんら変わっていない。慰《なぐさ》め合って救われたのは私だけじゃなかったことを思うと、涙が出そうになる。

彼の右手が私の頭の後ろを押さえ、逃げられないようにしていた。息もできないくらいの激しいキスが、私の体に熱を宿らせる。

「ふ……っあ」

唇が離れた瞬間、私は深く息を吸い込んだ。北村さんの気持ちが痛いくらいに伝わり、胸が甘く震えている。

ほんの十数秒ほどのことだったのだろうが、とてつもなく長く感じるキスだった。こんなふうにされてしまったら私……北村さんから離れられないし、離れたくない。

「これ以上は……ペナルティ一回どころじゃなくなるから」

苦い顔で呟《つぶや》いた彼はメガネをかけ、今度こそ私から離れてしまった。

（ペナルティって、なんのこと？）

「皆が待ってるな。行こう」

心臓が破裂しそうにドキドキしている。

今日は彼をシェアハウスへ呼び戻すための計画だった。けれどその思惑《おもわく》を伝える前に、先に否定されてしまった気がする。恋愛禁止のルールにペナルティなんて、なかったのに。聞きたかったことも教えてくれなかった。

(決めたって……何を？)

私は一度深呼吸して、玄関に向かった。

「こんにちは！　こちらのペーパーをどうぞ」

訪れた人たちに、石橋さんがペーパーを配っている。十和田さんと北村さんは一階、私は二階の説明をする役に回った。

「写真を撮っても大丈夫ですか？」

「ええ、どうぞ。ネットで公開してもいいですよ。ああ、顔は写さないようにしてくださいね。あとでアンケートをお配りしますので、そちらのご協力もお願いします」

さすが営業という感じの石橋さんだ。彼の笑顔とわかりやすい説明で場の空気が和《なご》む。大勢とはいえないが、訪問客が途切れることはなかった。興味津々《きょうみしんしん》で内覧する人たちを見て、私も気持ちを切り替える。シェアハウスに住まわせてもらっている以上、しっかりここのよさを伝えていかなければ。

そうして、二階に上がってくる人たちを待つ。いま、私の部屋と十和田さんの部屋は開け放している。

「夏場のエアコンは一日中つけているんですか？」

階下の声がここまで届いた。

「一日中つけているのと、深夜だけ消すというのを昨年、比較しました。一か月の電気料金としては――」

説明をしているのは北村さんだ。

どうしても彼の姿や声ばかり追ってしまう。

私は人差し指で唇を撫《な》で、さっきのキスを思い出した。柔らかい感触と北村さんの切ない声。私を抱きしめる手の力強さとTシャツ越しの彼の香り――

「あの、すみません。収納はこれで足りているんですか？」

後ろから女性に声をかけられてドキンとする。振り向くと、いつの間にか私たちと同じ二十代後半くらいの女性ふたり組がいた。

呆けている場合ではない。彼女たちに私の部屋に入ってもらい、笑顔を作って説明をする。

「そうですね。私物が少ないのもありますが、収納は十分足りてます」

フラれたあとに荷物はほとんど捨てたせい、などと言うわけにもいかず適当にごまかした。

「これだけ少なくても生活できるんですね」

「よけいなものがないと、いろいろ集中できるので快適ですよ」

へぇ、とふたりが感心しながら部屋の隅々まで眺《なが》める。失恋すると強制的に物が減りますよ、なんてアドバイスしたら、笑われるどころかドン引きされるだろうからやめておいた。

「もしかして、いつもブログを書かれている方ですか？」

窓の外を眺《なが》めていた女性が、こちらを向いた。

「えっ、あ、はいそうです。基本は皆で順番に書いていますが、私が一番時間があるので」

「とても読みやすくてわかりやすいですよね。写真も綺麗だし、いつも楽しみに読んでました」

その女性が笑うと、もうひとりの女性も笑顔で同意した。

「ほんとですか？　ありがとうございます、嬉しいです！」

褒められたことが嬉しくて、私も思いきり笑顔で答える。今度は作り物ではない、心からの笑みだ。

「そういえばＳＮＳはされてないんですか？　海猫ハウジングのは知ってるんですけど、シェアハウスが直接発信するＳＮＳってないですよね？」

「ええ、そういう決まりになっておりまして。ブログだけなんです」

「まぁ、そのほうが無難ですよね。無駄に増やして、炎上したら困るでしょうし」

「……はは」

女性たちと談笑しながら階下へ行くと、北村さんが学生ふうの男性三人といた。

「この部屋は誰もいないんですか？　四人で部屋をひとつずつ使っていらっしゃるんですよね？」

北村さんの部屋を覗《のぞ》き込んだ男性たちのひとりが言う。

がらんとした北村さんの部屋が私の視界にも入る。私と一緒にいた女性たちも立ち止まって、なかを窺《うかが》った。

「私が使っていたんですが、仕事でしばらく空《あ》けるもので……」

北村さんの言葉に私の足も止まる。

「ということは、誰か新しく募集するんですか？」

「いや、ここは関係者を入れることになると思います。すみません」

「そうなんですか、残念だなぁ」

いまのは、この場をごまかして出た嘘だ。そう思いたいのに、何かが私の心に引っかかる。

「こちらで飲み物をどうぞ。アンケートにご協力をお願いします」

引っかかりの原因をそのままにして、内覧を終えた人たちに、和室やリビングでアンケートを書いてもらった。

「きてよかったです。とても綺麗だし、住み心地よさそうですよね。古い建物をリノベーションした家は、もっと不便なのかと思ったんですけど全然そんなことないんですね」

「僕も直接見ることができてよかったです。海猫ハウジングが次にシェアハウスのモニターを募集したら、絶対に応募します」

私たちの気持ちが参加者に伝わったようで嬉しくなる。

「ありがとうございます。シェアハウスは海猫ハウジングさんでいくつか作る予定ですので、ぜひお願いいたします。海猫ハウジングのＳＮＳで発信していきますので、ぜひチェックしてくださいね。ここのブログも引き続き、閲覧よろしくお願いします」

説明をする北村さんも嬉しそうだ。

その後も、予定していた夕方まで途切れることなく訪問客がシェアハウスを見学していった。

内覧会が無事に終わり、私たちはソファに座ってアンケートをチェックすることにした。

「なかなかの評判じゃない？」

「俺たちが気づかないところまで、よく見てるよな」

十和田さんと石橋さんが興奮気味に話す。私も身を乗り出した。

「私もそう思ったの。ブログも隅々まで見てくれてるよね」

「そうそう、私も言われたよ！」

「嬉しいよなぁ、そういうの」

最初に声をかけてきた女性たちの他にも、ブログを読んでますと言ってくれた人が何人もいたのだ。

「皆ありがとう。今日のことは今後の参考にさせてもらうよ。海猫ハウジングの社長にもしっかり伝えておく」

「役に立ったか？」

私たちに笑顔を向けた北村さんに、石橋さんが問う。

「もちろんだ。ここを訪れた人の声を直接聞けるっていうのは貴重だよな。やろうやろうとは思っていても、なかなか実現できなかった。助かったよ。本当にありがとうございました」

彼がその場で深々と頭を下げる。

「いや、そもそも俺たちの目的はちょっと違うんで。そうお礼を言われてもだな……」

石橋さんが肩をすくめた。

「目的が違う？」

北村さんがアンケート用紙をコーヒーテーブルに置く。きた人全員がアンケートに答えてくれたため、結構な厚さだ。

「そうだよ。私たちはね、北村さんに参加してほしくて今回のイベントを考えたんだから。わざわざ休みも合わせてさ。ね？　加藤さん」

十和田さんがこちらを向いた。彼女の言葉通り、本来の目的は別のところにある。

「うん、そうだよ」

「どういうこと？」

私の肯定に、北村さんが怪訝《けげん》な顔をした。

同時に、石橋さんと十和田さんが私へ強い視線を送ってくる。これは言っちゃえという、合図だ。

息を吸い込んだ私は、北村さんをしっかり見つめて言葉を吐き出す。

「十和田さんも石橋さんも私も……。北村さんに戻ってきてほしくて内覧会をしようって決めたの。こういう機会でもなければ、北村さんがシェアハウスにきてくれることはなさそうだから」

北村さんが沈黙する。

「別の誰かが北村さんの代わりに入るんじゃなくて、モニター期間終了までずっと最初のメンバーがいいと思って。だから……」

表情を変えない彼の態度を見て、私は口ごもってしまった。

「ただ戻ってこいって言ったって、トラブルでも発生しない限り絶対シェアハウスにこなかっただろ？　だから北村さんが避けられなさそうなイベントを作って、呼び寄せたわけ」

石橋さんが助け舟を出してくれ、それに十和田さんも続く。

「騙《だま》したとか、そういうんじゃないからね？　きっかけが欲しかったの。加藤さんだけじゃないよ。私だって石橋さんだって、北村さんと最後まで一緒に過ごしたいんだよ」

「……そうか。ありがとうな」

「わかってくれたなら戻ってよ」

「いや、ダメなんだ」

北村さんが困り顔で小さく笑った。

「俺だって……本当は最後まで皆と一緒にいたいよ。責任者が途中放棄するのもよくないと思ってる」

「だったらいいじゃない。何をグダグダ言ってるのよ。意地っ張りだよね、ほんと」

両腕を胸の前で組んだ十和田さんは、じろりと北村さんをにらんだ。彼女の隣で石橋さんも釈然としない表情でいる。

「加藤さんとのことは、ケジメって言いたいのもわかるけど、おおっぴらにしなけりゃいいだろ。ここにいる誰も反対してないんだから」

「俺のケジメでもあるけど、それとは別に完全に無理になった」

北村さんがメガネの真んなかを押した。

「……どういうこと？」

イヤな予感がした私は、彼に問う。

朝から気になっていること。彼が言いかけたことの続きが多分、それだ。

「俺、来週から現場が変わるんだよ」

北村さんが私の目を真っすぐ見て答えると、十和田さんが声を上げた。

「現場って、仕事のことだよね？」

「ああ。ノースヴィレッジアーキテクツが、いままでにない大きなプロジェクトにかかわらせてもらうことになった。その現場が北海道なんだ。だからしばらく帰ってこれない」

「えっ！」

「北海道!?」

驚きの声を上げたのは私以外のふたりだ。

「現場は来週からだけど、その前に打ち合わせで、相手の本社がある仙台《せんだい》に一週間泊まりなんだ。だから明日には東京を発つ」

私はただ呆然と北村さんの話を聞いていた。

「順調に行けば予定は九月末まで。どのみち、モニター期間が終わる八月末は、俺は東京にいない」

ずきんずきんと頭が痛む。息をするのも忘れてしまうくらいに動揺している。

「ちょ、ちょっと待ってよ！　ねえ、加藤さんも、そのこと知らなかったの？」

「……知らない。だって、会社ではそんなことひとことも、言ってなかった」

声がかすれてしまう。

「どうしようか迷ってて、先月決めたんだ。一応それに備《そな》えて、俺が直接かかわってたこっちの現場は整理してたんだけどね」

「私以外の会社の人たちは当然、知ってるんだよね？」

「ああ、知ってる」

「……ひどい」

モニター期間が終わる時までなんとか皆で一緒にいられないかと期待したこと全てが、虚《むな》しくなる。

「ここにいたら、確実に俺の気持ちが増大して皆に迷惑をかけることになる。俺は石橋さんのようにはできない。しばらく加藤さんから離れて頭を冷やしたほうがいいんだ。だから……決めてよかったと思うよ」

決めてよかったと思うのは、さっき私とキスをしてしまったから？

これ以上そばにいたらもっと……私のことを求めてしまうから？

それは私も同じだ。こんな状況だというのに、私は十和田さんと石橋さんが羨《うらや》ましかった。私たちは彼女らのように理性で感情を抑えられそうにない。

触れ合った瞬間、いつだって、あの夜を思い出して激しく抱き合いたくなってしまう。

「俺、加藤さん宛《あ》てに手紙書くよ」

うつむいていた私は、北村さんの声で顔を上げる。

「手紙？」

「スマホでメールもいいけどさ、味気ないし。皆にはおいしいもの送る。何がいい？」

その問いに答えず無言で北村さんを見つめ続ける私たちに、彼は苦笑した。

夕飯を一緒に食べようと誘ったが、北村さんは仙台に向かう準備がまだだと言って断った。

「八月末までシェアハウスをよろしく。俺の代わりは海猫ハウジングの人が入ることに決まったから。何かあったらその人に相談して。どうにもならなかったら海猫ハウジングの深草社長に直接連絡を取っていいように、俺が話してあるから」

出ていく彼を玄関で見送る。

「わかった。気をつけてな、頑張れよ」

「帰ってきたら連絡くれるんでしょ？」

石橋さんのあと、十和田さんが複雑な表情で尋《たず》ねる。

「ああ、するよ。いろいろありがとう。……じゃあね」

何も言えないでいる私のほうを見て彼が優しく笑った。メガネの向こうの瞳が少し揺らいだように見える。

けれど北村さんは、ためらいなく引き戸を開けて出ていってしまった。

「加藤さん、大丈夫？」

「なぁ、追いかけてみれば？」

ふたりの声に、固まっていた私の体が動く。

「うん……行ってくる……！」

慌ててスニーカーを履き、転びそうになりながら玄関を出る。夕方のひんやりとした風に包まれて、私は路地に飛び出した。お願いだから待ってと、声にならない思いが体中を駆け巡る。

そして、数メートル先を行く北村さんの背中に向かって叫んだ。

「私も……！」

彼の足が止まり、こちらを振り向く。

「手紙、書くから」

それだけ伝えるのが精一杯だった。「好き」とか「待ってる」とか「私の気持ちは変わらない」って……本当はいろいろ言いたいのに。

「うん。楽しみにしてるよ」

「仕事頑張って……！」

「ああ、ありがとう。元気で」

笑って手を振った北村さんは、再び私へ背を向けた。

これで永遠にお別れというわけじゃない。あと四、五か月もすれば北村さんは東京へ帰ってくるし会社にいれば彼の動向はわかる。声が聞きたければ電話をすればいいし、手紙だけではイヤならスマホでメッセージを交わせばいい。

行かないでと駄々《だだ》をこねるのは子どもと一緒だ。そんなことはわかってる。十分すぎるほどわかっているのに……

「あれ？」

急に視界がぼやけて、周りが見えづらくなった。いつの間にか私の頬に涙がこぼれ落ちている。

北村さんは夕暮れの路地を早足で歩いていく。彼の後ろを三毛猫《みけねこ》が通り過ぎた。シェアハウスに越してきた夏。蟬《せみ》の声がうるさくて暑くて、北村さんが私の頰にくっつけたペットボトルが、飛び上がるほどに冷たかった。彼が笑って、そして塀の上に猫がいた。

そんなこと全部が、ずいぶん昔のことのように思える。

私は止まらない涙を拭《ぬぐ》いながら、遠ざかる後ろ姿を必死に目に焼き付けた。

シェアハウスにいる三人の休日がそろった、五月中旬の土曜日。今日は五月晴《さつきば》れで気温が高く、全員半袖という服装だ。夕方になっても気温は下がらない。

「わ、カニだ！」

十和田さんが歓声を上げる。彼女の横にしゃがんだ石橋さんも、クール便で届いた段ボール箱のなかを覗《のぞ》いた。

「北海道といえばカニっていうベタさが笑えるけど、嬉しいもんは嬉しいな。加藤さん、どうやって食べようか？」

喜ぶ石橋さんの問いかけに、私は冷たい麦茶を飲んでから天井を仰《あお》ぐ。

「焼きガニ、カニしゃぶ、茹《ゆ》でてちらし寿司とか、残ったカニ身はサラダにトマトクリームパスタとか……？」

ふたりは私の答えにうんうんと頷《うなず》き、カニを持ち上げた。

「カニって久しぶりだわ」

「俺もだよ」

「でも、ふたりは北海道が地元でしょ？　しょっちゅう食べてるんじゃないの？」

十和田さんと石橋さんは北海道出身で同郷だと言っていた。

「滅多に帰らないしねえ」

「そうそう。もう東京にいるほうが普通になっちゃってるから」

苦笑するふたりを見て、なるほどと私も笑う。

ズワイガニとタラバガニ、そして毛ガニのセットは、三人が三日かけても食べ切れるかわからない量が入っている。

「そっちの箱はなんだ？」

石橋さんが指さすと、十和田さんがもうひとつの段ボール箱を開けた。彼女の目が輝く。

「出た！　北海道といえばのホワイトチョコが挟んであるお菓子だよ。あとは、なんかおいしそうなポタージュスープの素《もと》？　私これ知らない。あと……重っ！　何これ……あ、バームクーヘン！」

「別便で届いた冷凍のチーズケーキもあるし、しばらく甘いものにも困らないな」

これらの段ボール箱は、北海道へ行ってしまった北村さんから、ついさっき送られてきたものだ。

私は箱に書かれた宛名《あてな》を見つめる。北村さんの文字を目にするだけで、胸がずきんと痛んだ。

「加藤さん」

バームクーヘンの箱を手にしたまま、十和田さんが私を呼んだ。

「……ん？」

なんとなく、彼女の言いたいことがわかってしまったけれど、知らないフリをして首をかしげる。

「えっと、手紙……は？」

やっぱり心配してくれている。彼女が言った「手紙」とは、北村さんが私へ書くと告げていた手紙のことだ。

「うん、届いてたよ。まだ読んでないけど」

「そっか。本当に手紙書いてきたんだ。よかった」

「ありがとう。心配させちゃってごめんね」

「ううん」

安心させるように笑うと、十和田さんもホッとしたように笑った。

「十和田さんって優しいよね」

「えっ、そ、そう？」

十和田さんは顔を赤くしながら段ボール箱をごそごそと探り始める。

本当にいい人だと思う。最初の頃に十和田さんが北村さん狙《ねら》いと聞いて、警戒したこともあったけれど。

（もし十和田さんが北村さんを好きでも、私は彼女のことを嫌いになれないだろうな。一緒に住むうちに十和田さんのよさをたくさん知ってしまったから）

「俺は〜？」

箱の前でしゃがむ石橋さんがこちらを見た。言わずもがなだ。

「石橋さんもすごーく優しいよ」

「加藤さんもね」

クスッと笑い合った。

大人のシェアハウスは心地いい。最初はどうなるかと心配したが、そうそうドラマチックなことが起きるわけでもなく平和だ。――北村さんが去ったことを除いては。

「ただいまー。今日は早く帰れました！」

玄関が開くと同時に女性の声が届く。海猫ハウジングの柏木《かしわぎ》さんだ。

「おかえりなさい」

「おかえりなさーい」

リビングに挨拶《あいさつ》にきた彼女に、私たちも声をかける。柏木さんは海猫ハウジングの人事部に勤める、人当たりがよくてしっかりした女性だ。仕事が抜群にできるらしい。

北村さんの代わりにシェアハウスにきた柏木さんは、毎日ここに帰るわけではなく、週三日だけ泊まっている。彼女の実家が海猫ハウジングに近く、通勤にはそちらのほうが都合がいいからだ。

シェアハウスに一時的に住める人が海猫ハウジングにはなかなかおらず、柏木さんがそのような条件付きで入ることになったらしい。

「石橋さん、ハーレムじゃん」

十和田さんが隣にしゃがむ石橋さんを肘《ひじ》でつついた。

「せっかく女性に囲まれてもモテてるわけじゃないからなあ。これは果たしてハーレムと言えるのか……いや、言えないだろう！」

「私がいるんだからいいでしょ！」

「うぐっ」

どんっと、肘鉄《ひじてつ》をくらった石橋さんは、自分の脇腹を抱えて悶《もだ》える。痛そうだけど、その表情がおかしくて噴き出してしまった。

「あ、はい。そうです。よこしまな気持ちはないです、はい」

にらみつける十和田さんに石橋さんはタジタジだ。柏木さんと私で笑っていると、十和田さんたちも笑った。

夕食後、自室に戻った私は北村さんの手紙を開封する。

座布団に座って便箋《びんせん》を取り出した。白地にパステルカラーの木々と鳥が描かれた、意外とかわいらしい便箋《びんせん》だ。

小さく深呼吸をして、折り畳まれたそれをゆっくりひらいた。

『加藤さんへ
元気にしてる？　俺は、寒いです。涼しいどころか、特に夜は寒く感じるんだ。

仙台の仕事は順調に終わって、札幌《さっぽろ》の現場近くへ五月頭に移動した。

その時、まだ桜が咲いていて（もう散ったけど）驚いたよ。プリントアウトした写真を同封したから見て。

北海道は旅行に訪れたことは何度かあるけど、長く留まるのは初めてだ』

そこまで読んで、思わず呟《つぶや》いた。

「桜がまだ咲いてたんだ……」

そして、脳内で彼の声を再生しながら続きを読む。

『札幌は都会だ。何も不自由がない。とはいえ、少し郊外に出れば途端に自然のなかに放り込まれる。一軒家は広いし、賃貸も分譲マンションの価格も安い。こっちに住むのもいいんじゃないかと思ったりするよ。

今回俺は父の会社、北村建設社が絡《から》んだ仕事を、ノースヴィレッジアーキテクツの代表として引き受けた。

いままではなんとなくそういうのがイヤというか……ノースヴィレッジアーキテクツでは父親の力を借りて仕事をしたくなかった。俺なりの意地みたいなものがあったんだ。俺がやりたいと思ったシェアハウスの仕事は、海猫ハウジングがこちらの仕事ぶりを見て依頼してくれたもので、それは誇りに思っている。

でも、ノースヴィレッジアーキテクツは俺だけの会社じゃない。会社に利益をもたらしてくれるのならと、今回は意地を張らずに父親がかかわる仕事を受けた。

引き受ける直前、海猫ハウジングの社長が俺のように二代目だと知り彼に興味が湧いた。俺より五歳年上というだけで、あの大企業の社長だ。

彼と何度か飲みに行って、彼の仕事に対する考えや親の仕事を引き継ぐことに対する葛藤《かっとう》、責任について教えてもらった。それでだいぶ考えが変わったんだ。

それは、父の仕事を頑《かたく》なに拒否する必要はないということだ。自分だけの力でなんとかしようとしてたけど、それが果たして会社のためになるかといえば違う。海猫ハウジングの社長と話してそれがわかっただけでも、俺はシェアハウスの仕事を引き受けてよかったと思ってる。

いまは北村建設社が引き受けた団地のリノベーション計画に協力しているところだ。これを成功させればまた、ノースヴィレッジアーキテクツの次に繋がるはずだと信じてやってる。

北村建設社での他の仕事も相変わらずで、俺はこちらと静岡の工場を行き来してる。本当はシェアハウスに寄りたいが時間がない。

仕事の話ばかりでごめん。

俺、毎日加藤さんのこと思い出してるよ。内覧会の日にいきなりキスしてしまったけど、そのことは謝らない。それを謝るのは違うと思うんだ。俺は加藤さんが好きだから、そうした。加藤さんが心底イヤだったなら謝る。でも、謝らせないでほしい。

って、何言ってるかよくわからないか。俺もわからない。加藤さんのことが好きだってこと意外は。

また手紙書くよ。風邪引かないようにね。

北村月斗』

「……私も、好き」

便箋《びんせん》を胸にぎゅっと抱く。

彼がこちらへ戻ってくる九月まであと四か月。もしかしたら長引いて、あと五か月になるかもしれない。

期間は半年もないけれど、私にはそれが永遠に思えるほど長く感じた。

梅雨《つゆ》が明けたばかりの七月中旬。私は夕飯の買い物を終えて、路地を歩いていた。

「ちょっと買いすぎちゃったかな」

日曜日の夕暮れ時は、はしゃぎながら家路《いえじ》を急ぐ子どもたちや犬の散歩をする人、家族で出かけた帰りの人々が行き交い、いつもより賑《にぎ》やかだ。

昼間の暑さは和《やわ》らぎ、立ち並ぶ家々から夕飯の準備をするいい匂いが漂《ただよ》ってくる。

この家は煮物《にもの》、こっちは焼き魚かな……などと鼻をひくつかせていると、どこからかピアノを練習している音が届いた。何度も同じ箇所に引っかかり、繰り返し演奏している。聞いたことのある曲だ。曲名を思い出そうとしているうちにシェアハウスが見えてきた。家の灯りがついている。

私は玄関の鍵を開け、引き戸をひらいた。この動作もあと何回で終わるのだろうと、最近感傷に浸《ひた》ることが多い。

声をかけると同時に、二階から十和田さんが下りてきた。

「加藤さん、おかえり」

既《すで》にリラックスウェアに着替えている。彼女は出勤していて、私が買い物に出かけた時にはまだ帰っていなかったのだ。石橋さんと柏木さんはそれぞれ出張のため、昨日からいない。

「十和田さんもおかえり」

「ただいま。買い物ありがとう」

私の荷物を十和田さんが持ち、キッチンへ運んでくれた。私はその間に手を洗う。

「今夜は何にするの？」

冷蔵庫に食材を入れながら十和田さんが尋《たず》ねた。私も彼女を手伝う。

「暑いから冷しゃぶはどうかと思って」

「うん、いいね、おいしそう！　私にもできるかな」

「できるできる。簡単だよ」

振り向いて十和田さんに笑いかけると、彼女はトマトを見つめたまま、寂《さび》しげな顔をしている。

「いまのうちに、加藤さんにいろいろ教えてもらわないとね。あとちょっとしかないし」

「十和田さん……」

　私と同じで、彼女もシェアハウス生活が終わってしまうことに胸を痛めているんだろう。

「いよいよ来月末でここの生活も終わりかと思うと、なんかしんみりしちゃってさ」

「うん。……寂《さび》しいよね」

　私が頷《うなず》くと、彼女はトマトをシンクの台に置いて私に振り向いた。

「あのさ、シェアハウスを出ても加藤さんに連絡していい？」

「えっ」

「だから、なんていうか、これで終わりっていうのも残念だし、せっかく知り合ったんだし……。加藤さんが困るならしないけど……」

　目を泳がせる十和田さんの言葉が嬉しくて、笑みがこぼれる。

「困らないよ。私だって十和田さんとずっと友達でいたい。連絡取り合いたい」

「友達って思ってくれるんだ？」

　十和田さんの顔がぱっと明るくなった。

「もちろんだよ」

「ありがと！　嬉しいっ！」

「きゃっ！」

飛びついてきた十和田さんが、私にぎゅっと抱きつく。驚いたけど、私も彼女をぎゅうっと抱きしめ返した。

「大人の友情もいいもんだね」

「うん、ほんとだね」

婚約破棄されてどうしようもなくなった私が、半ば自棄《やけ》で申し込んだシェアハウス。逃げ道を探すために申し込んだ企画だったけれど、いまはあの時の私に感謝したい。

北村さんと再会できただけではなく、こうしていい友人と出会えるきっかけをもらえたのだから。

頷《うなず》き合った私たちは体を離し、笑顔で固い握手を交わした。

北村さんは激務を極めているらしく、七月に入ってから一度も手紙が届かなかった。

私は彼の手紙に返事を書くという形を取っている。こちらからしつこくするのは、忙しい彼に迷惑がかかるだろうと遠慮したのだ。スマホで連絡を入れることもしていない。

会社にいれば北村さんの仕事状況は耳に入ってくる。彼の身に何かあったわけではないと知っているので、心配する必要はないのだ。でも……

「会いたい」

彼の手紙に触れながら、自室の畳に寝転がる。

「会いたいよ……北村さん。声が聞きたい」

言葉にすればするほど、ますます彼に会いたくなる。ひと目でいいから彼を見たい。声が聞きたい。触れることはできなくても会いたい。会いたい。会いたい……

「って、会えばいいじゃん、もう！」

心の声がうるさくて、言い返した。言いながら自分の言葉にハッとする。

「……そうだよ、私が会いに行けばいい」

がばっと起きた私はスマホを手に掴《つか》んだ。アプリを起動してスケジュールを確認する。

「あ、急に行ったら迷惑だよね」

先に伝えておくべきだろうか。でも北村さんは、私が北海道へ行くのを拒否するかもしれない。むしろ、仕事先にきてほしくないかも。

(チラッと姿を見るだけなら……。こっそり行って、仕事をしている様子を遠目で見るくらいだったら。それなら、いいよね？)

手紙に書かれた彼の文字を見つめる。いくら見つめたところで、なんの進展もないのだ。

「そうだよ、うじうじしてないで行ってみよう。見つかったら見つかったで邪魔にならないようにさっさと帰ればいい。よし……！」

私はスケジュールを見直して、飛行機の時間を調べ始めた。

数日後、一泊用の旅行バッグを持った私を、石橋さんと十和田さんが玄関まで見送りにきてくれる。

「ねえ加藤さん、宿泊先教えて。ビジネスホテルだよね？」

「あ、そうだね」

十和田さんに問われた私は、ビジネスホテルの名前を彼女のスマホに送った。

「私があっちに行くこと、北村さんには言わないでね？」

じっとこちらを窺《うかが》うふたりに念を押す。

——北村さんをひと目見るだけでいい。

そんな衝動に突き動かされて北海道へ向かおうとしている私を、彼らは心配しているのだ。私が逆の立場だったらと思うとその気持ちは否定できない。でも、お願いはしておきたい。

「……大丈夫なの？」

「大丈夫だよ。子どもじゃないんだし」

私は精一杯の笑顔で、十和田さんに返事をする。

「そういえばふたりの実家は北海道のどこなんだっけ？」

バッグを持ち直した私は話題を変えた。

「旭川《あさひかわ》だよ」

「そう、隣町なんだよね」

ふたりの表情が少し和《やわ》らぐ。

「札幌のおいしい場所、メッセージで送っとくよ」

「気をつけてね」

「うん、ありがと。いってきます」

ふたりに見送られ、シェアハウスを出た。外はうだるような暑さだ。

私は日傘をさして強い日差しを避けながら根津駅に向かった。

◆◆◆

「現場に行ってきます」

「北村さん、お疲れ様です。行ってらっしゃい」

「そういえば水上《みなかみ》塗装店さん、今日は向かえないそうですよ。支店長から聞いてます？」

「えっ、聞いてませんよ。連絡あったんですか？」

急な仕事の変更に焦《あせ》る俺に、「あったよー」と支店長が近づいてきた。

「厚別《あつべつ》の現場に急遽《きゅうきょ》行かないといけなくなったらしい。あっちの不動産のほうが付き合い長いみたいだから、仕方がないね。まぁ、リノベーションの施工は、半分終わってるんだから大丈夫でしょう」

「……はぁ」

ありえないことを言い出す支店長に俺は脱力しかけた。

ここ「北村建設社札幌支店」は商業ビルやマンション建設において、なかなかの業績を出している。だがリノベーションに関しては疎《うと》いらしく、どうもわかっていないことが多い。

だから俺が呼ばれたと言われれば、それまでなのだが……

「ですから北村さん、午後は直帰でかまわないですよ」

「いえ、事務処理が残ってますので戻ります」

「真面目で素晴らしいなぁ、無理しないでね」

支店長は北村建設社の本社から、三年前に転勤になった人だ。すっかりこちらに馴染《なじ》んでいるのか、もともとそういう性格の人なのかはわからないが、のんびりしすぎている気がする。

「では、行ってきます」

俺は半袖のワイシャツの上に作業着を羽織《はお》り、社を出た。

既《す》にいろいろ遅れているというのに、焦《あせ》っているのは俺だけのように思えてくる。

ほんの少し苛立《いらだ》ちながら、俺は会社の軽自動車に乗り込んだ。

夏空はどこまでも青く、カラリとした空気が気持ちいい。東京の夏に比べたら格段に涼しかった。

ここは札幌駅から徒歩三分の場所にある十階建てのビル。その三階と四階フロアが「北村建設社札幌支店」だ。四階フロアに俺を含む建築士のデスクがあり、そこから毎日現場に通っていた。

東京のノースヴィレッジアーキテクツのオフィスとはスケジュールを共有し、社員たちにこちらの動向がわかるようにしている。

支店を出て、車で二十分も行くと都会から離れ、自然が多くなってきた。ほどなくして昭和の終わりに建てられた二棟の五階建ての団地が現れる。今回のプロジェクトの現場だ。

これは北村建設社と海猫ハウジングが協力している、借り手がほとんどいなくなった団地をリノベーションするというものだった。リノベーションのノウハウを持つ建築士として、ノースヴィレッジアーキテクツから俺が、北村建設社からふたりの建築士が派遣されている。

一棟は3Kの各部屋を2LDKの間取りに変える予定。もう一棟は店舗や宿泊施設、誰でも借りることのできるコミュニケーションルームなどに作り替え、地域の活性化を図る試《こころ》みだ。

急な変更やトラブルに随時対応するため、俺も他の建築士も毎日のように現場に赴《おもむ》いている。

リノベーションは新築の現場とは勝手が違う。また、俺にとって北海道は初めての現場だ。慎重を期して行動せねばならない。

（のに、あの支店長ののんびりさはなんなんだ）

車を停めた俺は、みずみずしい葉がきらめく木々に囲まれた五階建ての団地を仰《あお》いだ。

二棟の間にある広々とした公園は緑が多く、しっかり手を入れれば憩《いこ》いの場になる。けれど、いまはまだそこまで手が回っておらず、人のこない寂《さび》れた公園といった風情《ふぜい》だ。

早くここを居心地のいい場所に変えて、人が集まるようにしたい。

「綺麗だな……。いい場所だ」

ちょうど工事の音が止んだ。蝉《せみ》が鳴き、小鳥がさえずり、爽《さわ》やかな風が吹いてくる。

静かで気持ちがいい。寂《さび》れさせるのはもったいない。

だから人の手を入れて住みやすい場所に変える。

俺がこの仕事を好きだと思うのは、こういう風景に出会った時だ。さぁ、これからもっといい場所に変えてやるぞという、この瞬間のために仕事をしていると言ってもいい。あとはひたすら大変な作業が待っているだけだともいえるのだが。

「おはようございます。どうですか？」

「おはようございます、北村さん。まぁ順調ですね」

既《すで》に働いている職人のひとり、佐々木《ささき》さんが、にかっと笑った。彼は五十代半ばの熟練職人だ。

「すごいじゃないですか、想像以上だ」

俺は彼の仕事に驚き、近づいた。

佐々木さんは昨日俺が指示していた通りに、作りつけの棚をその場で作っていた。壁に並んだ美しい棚には寸分のくるいもない。あとはキッチンの壁と寝室にも吊戸棚と棚をお願いしている。

彼は素晴らしく腕の立つ職人であり、俺の会社にスカウトしたいくらいだ。

「今日の午後に予定していた水回りの塗装が入らなくなったんで、この部屋をこのまま進めていただいて大丈夫です」

「あれ、そうですか。じゃあ北村さんは直帰？」

「とりあえず会社に戻ろうと思って」

「なるほどな。じゃあ、どんどん進めるか」

佐々木さんの大きな声に気づいたのか、もうひとりの職人、菅原《すがわら》さんがベランダからひょっこり顔を出した。彼は俺より三つほど年下だったと思う。色が黒く、ガタイのいい男だ。

「あ、北村さん、おはようございます」

「おはようございます。そっちはどうです？」

ベランダを覗《のぞ》きにいくと、木製のデッキが綺麗に敷かれ、同じデザインの木製のベンチが置かれていた。こちらは菅原さんが作ったものだ。

古さの残るベランダは奥行きは狭いが横幅はあるので、デッキとして使えば部屋の狭さを補《おぎな》える。思惑《おもわく》通り、いい空間ができていた。

俺が細かいところの調整をしているうちに午前の休憩時間に入り、皆がリビングに集まる。俺は持ってきたペットボトルを彼らに渡した。

「しかし、見栄えがよくなるとこうも変わるもんですかね～。俺がここに住みたいですよ」

「あんなボロが、こんなにオシャレになるとはな」

天井を仰《あお》ぎ、部屋を見回しながら彼らが口々に言う。俺もそう思う。そこがリノベーションの面白いところだ。

ボロボロだった砂壁は取り払われ、まるでキャンバスのように真っ白だ。天井にはいくつも小さな灯りが設置され、夜になれば間接照明が温かな光を灯す。新しく設置したアイランドキッチンにユニットバス。洗面所も清潔だ。ここに家具を入れればまた、一段と見違えるだろう。

「皆さんの仕事が丁寧だから、よく見えるんですよ。ただ、実際住んだ時の住み心地がよいかどうかがプロジェクトの今後にも大きく影響しますので、そこのところをよろしくお願いします」

「北村さんの指示以上にやっておきますよ」

「やりすぎて怒られないようにしてくださいよ？」

「なんだと？」と佐々木さんが菅原さんに大きな声を出して笑い、俺たちもあとに続いた。

「ちょっと俺、他も見てきますので、何かあったら呼び出してくださいね」

「あいよー」

俺は工事をしている他の四部屋を訪れた。

古い建物は部屋によって傷《いた》み具合がまるで違うため、施工の時間のかけ方も変わってくる。また、今回は施《ほどこ》す内装が数パターンあるので、都度チェックをして確認を怠《おこた》らないようにしているのだ。

俺が主に担当する「住まいの棟」のリノベーションは順調だった。先にリノベーションを済ませた一室を開放しての見学会が話題となり、入居者もほぼ決定しているので、問題はない。このまま何事もなく工事が進めば九月末には終わるだろう。……しかし。

「あっちがなぁ……」

公園をはさんだ向こう側にあるもう一棟の団地を見つめ、ひとりごつ。

ところどころ禿《は》げた芝生の上を歩き、そちらへ近づいた。なかに入って現場の前に立つ男性に声をかける。

「おはようございます」

「北村さん、おはようございます」

「どうですか」

「モチベーション下がりますよ、全く……」

北村建設社から派遣された建築士、名倉《なぐら》さんが肩を落とした。

こちらの棟は店舗や宿泊施設、コミュニケーションルームを作る計画なのだが、予定の日にちを大幅に過ぎているのだ。

原因は、店舗の借り手が集まらないことだった。借り手が決まらないと、詳細なリノベーションは進められない。

宿泊施設とする数部屋は海猫ハウジングが経営するので、そちらは工事を進めている。

店舗の賃貸価格がこの地域にしては高めに設定しているのが躊躇《ちゅうちょ》される主な理由だろう。住居がうまくいっているのだから、プレゼン方法を変えてみればどうにかなりそうなのだが、支店長たちはなんとかなるのひとことで済ませてしまう。

だから名倉さんもモチベーションが下がってしまったのだ。

俺は海猫ハウジングの社長に相談の電話を入れ、こちらへ直接きてもらう約束を取りつけていた。それで、どうにかなるといいのだが……

宿泊施設用の部屋の工事を見に行き、その後、住まいの棟へ戻って細かい指示を出す。そんなことをしているうちに昼近くになった。

ふいにポケットのスマホが鳴る。ノースヴィレッジアーキテクツの内村だ。

「はい、どうした？」

『ごめん、忙しいのに。根津のクライアントの梅宮《うめみや》さんなんだけど、ちょっと急ぎで』

「ああ、店舗の施工の件か。それなら――」

説明をしながら、俺は電話の向こう側の空間にいるだろう加藤さんのことが気になって仕方がなかった。

「皆元気に出勤してる？」

だからつい、回りくどい言い方で問いかけてしまう。

『元気だけど、加藤さんは有休取って休んでるよ』

「え、どうかした？」

『さあ、特に理由は聞いてないけど。病気じゃなさそうだったよ』

「そう」

『忙しいのにすまなかったね、ありがとう』

「あ、いや、うん。おつかれ」

有休を取るのは何も問題ないが、初めてじゃないだろうか。実家で何かあったとか？

それとも……

俺は悶々《もんもん》としながら羽織《はお》っていた作業着を脱ぎ、団地の階段から外に出た。昼休みの時間が訪れ、工事の音が一斉に止む。静寂が訪れた。

「北村さん、お疲れ」

「三ノ輪《みのわ》さん、お疲れ様です」

見るからに体育会系の三ノ輪さんは、地元の不動産業者だ。海猫ハウジングと繋がりのある彼とは過去に何度か会ったことがある。気さくで話しやすい、いかにも営業マンな男性だ。

「今日はもう上がり？」

「いったん会社に戻ります。でも腹減ったんで、そこのコンビニ寄って、何か食ってから戻ろうと思って」

「じゃあ俺も行くわ」

彼は団地のリノベーションに興味を持ち、海猫ハウジングの社長の許可を得て、たまに見学にくるのだ。

「店舗のほうはどうよ。どうにか人集まった？」

「ぼちぼちですかね。来週半ばに北村建設社本社の担当がくるんで、そこで現状を見せますけど」

「札幌支店のお偉いさんだと、らちがあかないか」

「海猫ハウジングの社長にもきてもらう予定なんで、広告の打ち方を少し変えてもらいます」

「いまさらじゃない？」

三ノ輪さんが苦笑する。もっともな意見だとは思う。

「いまさらですが、やらないよりはいいかと。あとはもっと自由度を上げないと、俺らより若い人は入ってくれないですよ。店舗の家賃を下げないと無理ですね。それに、リノベ自体は着工し始めれば早いですけど、その前段階の現場でこれだけ詰まるのは正直相当きついです」

「だよなぁ」

三ノ輪さんが相槌を打ったところで、ポケットに入れていた俺のスマホが鳴った。また内村だろうか？

「すいません、ちょっと連絡が入ったみたいで。先に行ってください」

「おう」

三ノ輪さんに挨拶《あいさつ》をして、スマホの画面を見る。

『十和田です。今日、加藤さんが北村さんのところに行ったから。そろそろそっちに着いてると思うけど、加藤さんには連絡しないでね？　北村さんに内緒にしてほしいって言われたの。でも私、我慢できなくて』

「ちょっ、なんだそれ……！」

内容を見た俺は思わず声を上げる。もう一件別のメッセージが入っていた。

『石橋だけど、今日、そっちに加藤さんが行ってる。こっそり北村さんの顔だけ見て、すぐに帰るって言ってたけど、可哀想だから迎えに行ってやれよ。ただし、この件は北村さんに言わないでほしいって、加藤さんに頼まれてるから彼女には連絡入れないように』

別々に連絡を入れてくるということは、お互いにも秘密にしているつもりなのか。

俺は周りを見回した。俺の仕事の情報は共有しているから、加藤さんがこの現場へ俺に会いにきたとしてもおかしくはない。だが、辺りはしんとしていて、人の気配はなかった。

「くそっ、なんで俺に言わないんだよ！」

イラついた声を上げながら建物へ引き返す。しかしどこにも彼女の姿はない。会社に

きているのだろうか？　いや、こっそり俺の顔だけ見にきているのならば、それはあり得ない。どこだ、どこにいる……⁉

再び十和田さんからメッセージが入った。

『既読はついてるのに返事しないんだ？　加藤さんがどこに行ってるのか知りたくないの？』

「知りたいに決まってるだろ！」

俺は再び団地から飛び出し、十和田さんに返事をした。焦《あせ》っているせいで、おかしな予測変換を押してしまい、何度も打ち直す。

『どこにいるかわかる？　迎えに行きたいんだ。現場中を探したけど、どこにもいないんだよ』

『もう北村さんのことは見たって言ってたよ？　これから昼食を取って、ホテルに行く前に札幌観光するんだって』

まだ彼女が札幌にいることがわかり、ホッとした。

『どこのホテルに泊まるか知ってたら教えてほしい。俺、そこで加藤さんを待つから』

『加藤さんに連絡してないよね？』

『してない』

『わかった。ちょっと待って』

十和田さんは加藤さんの宿泊先を教えてくれた。北村建設社札幌支店に近いビジネスホテルだ。

『加藤さんに会えたら連絡してね』

『するよ。ありがとう十和田さん。石橋さんも同じメッセージくれたんだ。ふたりとも、本当にありがとうな』

『えっ、石橋さんも？　私と同じことしてたんだ。北村さん、頑張ってね』

『おう、頑張る』

俺は三ノ輪さんに会社へ戻ることを伝え、軽自動車に飛び乗った。そして札幌支店に着くなり、自分のデスクで事務処理を済ませた。支店長のデスクへ行く。昼休みはとっくに終わっていた。

「支店長すみません。やはり今日はお言葉に甘えてもう上がります。これとこれとこれの処理は終わってます。現場の指示は全て出してきました。何かあったら俺のところへ連絡がくるようになってますので」

書類を提出し、支店長のパソコンへ必要なデータを全て送ったことも伝える。

「そうですか。いつも早くから遅くまで、それこそ休日返上で働いていたんですから、たまにはゆっくりしてください。明日は休みですよね？」

「はい。あと来週ですが、海猫ハウジングの社長が現場を見にきます。そこで広告についてお伺いを立てようかと」

「ああ、そうでしたね。本社の担当もこちらへくるとのことでしたから、まぁよく見てもらいましょう」

「ありがとうございます。では、失礼します」

挨拶《あいさつ》もそこそこに社を出た俺は、自室があるマンションへ急いだ。


単身用のマンションは社から徒歩三分だ。途中のコンビニでおにぎりを買い、食べそこねた昼飯を歩きながら済ませる。部屋に戻った俺は、すぐさまシャワーを浴びた。現場の埃《ほこり》を落とし、歯を磨き、清潔な服に着替える。水色のシャツにグレーのパンツを穿《は》き、ジャケットを羽織《はお》った。ホテルのチェックインは三時だから、二時すぎからロビーで待てば確実に彼女を捕らえることができる。

「本当に……会えるのか？」

鏡に映った自分に問いかける。いや、会えるかじゃない、会うんだ。

時計の針《はり》は二時前を指していた。彼女に会えたら、そのあとはどうするか。彼女がくるまでの短い時間に、ロビーで考えることにした。

加藤さんが今夜泊まるというビジネスホテルに着く。意外と広いロビーに置かれた、いくつかあるソファに座って彼女を待つことにした。時計は二時十分だ。

俺は石橋さんに、いまホテルで加藤さんを待っているとメッセージを送る。十和田さんにもビジネスホテルに着いたと送った。

だがふたりは仕事中なのか、既読はつかず、その後の加藤さんの情報は入らなかった。

いざとなったら加藤さんに直接連絡すればいい。どうしても俺は今日、彼女に会いたい。会わなければいけない。

俺はスマホで札幌内のホテルを検索したあと一度席を立ち、ビジネスホテルの外へ出た。電話で、空《あ》いているスイートルームを探す。それが済み、またロビーへ戻ってソファに座った。今度は別の店を探すのだ。

そうこうしているうちに時計は二時五十分を過ぎていた。なんとなく入り口へ目をやる。

しばらくじっと見ていると、人影が現れた。ボストンバッグを手にした女性だ。白いブラウスに綺麗な水色のカーディガンを着て、ふんわりしたスカートを穿《は》いている。

途端に俺の心臓が激しく音を立て始めた。

加藤さんだ。本当だった。本当に彼女は……

忙しさから彼女に手紙を書いていなかったことを思い出す。だから俺を心配してここまできたのだろうか？　ひと目俺の姿を見るためだけに？　そのいじらしさが愛《いと》しくてたまらなくなる。

加藤さんは俺に気づかず、ソファの後ろを通り過ぎようとした。とにかく声をかけなければ何も始まらない。

「おかえり」

「……え？」

彼女が足を止めた。俺は顔だけ振り向き、メガネの真んなかを押す。

「はるばる北海道まで、お疲れ様」

「う、嘘……！　北村さん!?」

加藤さんが小さく叫ぶ。

（まだダメだ。この手に抱くのは、彼女の気持ちを確かめてからだ）

俺はソファから立ち上がり、呆然とする彼女に近づく。

「久しぶり、加藤さん」

「なっ、なんでここに……？」

「それは俺のセリフだよ。どうして札幌にいるの？」

見下ろすと、彼女が目を泳がせた。

「どうして、って、それは――」

「ちゃんと俺の目を見て答えて。加藤さんから直接聞きたいんだ。嘘を吐《つ》くのだけはやめてほしい」

　正直な気持ちだった。俺は十和田さんと石橋さんから彼女が札幌にくるのを聞いただけだ。なぜここにいるのかを彼女の口からはっきり聞きたい。加藤さんの気持ちを知りたいんだ。

「き……」

「き？」

　蚊の鳴くような声に聞き返す。すると、彼女の頬がみるみる赤く染まった。

「北村さんに、会いたくて……が、我慢できませんでした……」

　たどたどしく綴《つづ》られる言葉にノックアウトされる。いや、本気で倒れそうになったが、どうにか耐えた。彼女をこの場で抱きしめることにも。

「よく言ってくれたね。じゃあキャンセルしに行くから、一緒にきて」

　俺は加藤さんが持つボストンバッグを取り上げ、フロントへ向かう。

「キャンセルって何を？」

「ここのビジネスホテルだよ」

「な、なんで？」

　加藤さんが俺の腕を引っ張った。触れられたところから、一気に体中が熱を持つ。けれどいまは、とにかく耐えるんだ。

「ちょっと待って。どうしてキャンセルするの？」

「だって、シングルベッドひとつじゃ狭いじゃん」

俺が言う意味がわからないらしく、彼女は首をひねった。その仕草が驚異的にかわいらしい。

「別に狭くないし、十分だよ……？」

「俺は狭いな」

「北村さんは関係ないでしょ」

「関係あるんだよ」

引かない俺の顔を見て、なぜか加藤さんが泣きそうな顔になる。

「私がきたことが迷惑なのはわかってる。でも、飛行機は明日のチケットしか取ってないし、いますぐ帰れっていうのは待って」

「……はい？」

今度は俺が首をひねる番だ。彼女の言う意味が理解できない。

「だから、そんなに私のことイヤがらなくたって、いいじゃない。明日帰るから――」

「相変わらず鈍いんだよなぁ、加藤さんは」

どういう解釈をすればそうなるんだ。イラついた俺は盛大にため息を吐《つ》いた。

「相変わらずって、ひどくない？」

ムッとした加藤さんを無視し、彼女の両肩に自分の両手を置く。もう、強引にことを進めてもいいだろう。

「な、何?」

「加藤さんには俺と一緒にきてもらう。だからここはキャンセルってこと。いい?」

「どこに行くの? さっきから意味がわからないんだけど……」

「加藤さんが今夜困るようなことにはしない。ここのキャンセル料は俺が払う。俺の一生のお願いだから。な?」

顔を近づけて懇願《こんがん》する。そこでやっと頷《うなず》いてくれた。

細かいことはあとでいい。俺は、先に大切なことを加藤さんに伝えたいのだから。

部屋をキャンセルした加藤さんを連れて、ビジネスホテルを出る。外は涼しい風が吹き、街路樹の葉がさわさわと揺れていた。

「じゃあ行こうか」

「どこに?」

「加藤さんに選んでもらったほうが早いからな」

ロビーで探した店を目指す。

「だから選ぶって何を? ねぇ、北村さん」

「婚約指輪」

俺は立ち止まって彼女の質問に答えた。

「え？」

「俺たちの婚約指輪を選びに行こう」

俺は加藤さんに笑いかけ、手を強く握った。だが次の瞬間、彼女の表情がこわばる。

「大丈夫？　どうした？」

茫然と立ち尽くす加藤さんの顔を覗《のぞ》き込むと、小さな呟《つぶや》きが唇からこぼれた。

「……婚約、指輪？」

「ああ」

「俺たちの、って」

これは多分、彼女のトラウマなのだろう。婚約破棄をされ、幸せの象徴の婚約指輪をひとりで売りにブランド品買い取りショップへ行った彼女。その傷ついた心が「婚約指輪」という言葉に反応し、足をすくませている。

俺にはその気持ちが痛いほどわかった。だから俺が彼女の心を溶かしてあげるしかない。

「正確に言うと、『俺が加藤さんに贈る婚約指輪』だよ」

もう大丈夫なんだと、彼女に伝えたい。

俺は優しく包むように加藤さんを腕のなかに閉じ込めた。久しぶりの彼女の甘い香りを吸い込む。

「き、北村さ――」

「俺と結婚してください」

言わずにはいられなかった。

「こんな街中で言うのもなんだけど、加藤さんの顔見たら俺、もう我慢できないよ」

胸が苦しくて痛い。つらそうにしている彼女を、俺のそばで幸せにしたい。

顔を上げた加藤さんが、信じられないといった目で俺を見つめている。

「本気で、私と？」

彼女の唇が震えている。

「本気だ。俺と結婚して、加藤さん」

俺の言葉を信じさせたい。

「加藤さんとずっと、一緒にいたい。加藤さんじゃなくちゃ、イヤなんだ」

「私だって同じだよ。でも――」

「でも？」

「あの、とりあえず……離してくれる？」

加藤さんが恥ずかしそうに、チラリと周りを見る仕草をした。

通り過ぎる人たちがこちらをチラチラ見ていたのは、さっきからわかっている。だが
そんなことはかまわない。いまは加藤さんの気持ちを知りたい。それだけだ。

俺は彼女を抱く手に強く力を込めた。

「んっ」

「言うまで離さない」

「……人が、見てるよ」

「人のことはどうでもいい。教えて、加藤さん」

観念したように彼女が唇をひらいた。

「私が北村さんを好きって言っても、信じてくれなかったのに。付き合う前に結婚だなんて、どうしちゃったの……？　それに、私と離れるために北海道へきたんでしょう？」

「もう俺はシェアハウスのメンバーじゃないし、恋愛禁止は関係ない。って、そんなふうに思った。加藤さんの行動で――」

俺は抱きしめていた手を緩め、彼女と視線を合わせる。

「加藤さんの口から、北海道まで俺に会いにきたと聞けたんだ。だからそれでもう十分だと思った。加藤さんを信じていなかったわけじゃないよ。ただ、そこまで俺のことを好きでいてくれるっていう確信が持てなかったんだ。俺に気を使ってないか、本当に元気になれたのか……ずっと不安だった」

これは、俺が長い間抱えていた正直な気持ちだ。飛び込むのが怖いと言っていた加藤さんの声も頭から離れなかったのだ。

「私は好きだよ、北村さんのこと。信じてほしい」

強い視線で彼女が見つめ返してくれる。

「傷ついた私たちだからこそ、もう二度とあんな思いをしないように、自分の正直な気持ちを伝えなくちゃいけないと思うの。だから信じてほしい。私が言ったことを」

「ああ、信じるよ。ごめん、俺のほうこそ不安にさせて」

もう一度抱きしめると、彼女が俺の背中に手を回した。

「ううん。私のほうこそ、北村さんの気持ちも考えずに突っ走ってきちゃって……ごめんね」

「まさか北海道までくるとは思わなかったな」

お互いの顔を見つめて微笑《ほほえ》み合う。彼女の温《ぬく》もりが、洋服越しに俺の体に伝わっている。

「どうしても、会いたかったの。ひと目見るだけでいいって。北村さんのことが好きだから――」

彼女が言い終わる前に、その柔らかさを、もう一度きつく抱きしめた。

――俺を思ってくれる彼女が、くるおしいほどに恋しく、愛《いと》しい。

「俺も加藤さんのことが好きだ。俺のことも、信じてほしい」

「うん、信じる」

彼女の瞳に俺が映っていた。

この上ない幸せな気持ちが膨れ上がり、一刻も早く加藤さんと、心も体も繋がりたい衝動に突き動かされる。

「加藤さんの気が変わらないうちに、婚約指輪を選びに行こう」

「本当にいま、行くの？」

「いまがいい。いまじゃなきゃダメだ」

加藤さんの手を取り両手でぎゅっと握った。そして彼女を安心させるように、笑いかける。

「それでさ、俺たちの『婚約指輪トラウマ』、払拭《ふっしょく》しようよ。な？」

「うん。払拭《ふっしょく》する」

君を幸せにするのは俺だ。だから安心して、ついてきてほしい。そう願いながら、ホテルのロビーで予約しておいた店に向かった。


そのブライダルジュエリーの店は、静かで落ち着いた大人の雰囲気だった。

加藤さんが指輪を選んでいる間に、俺は仕事の確認の電話をするため、ひとりで外に出る。ついでに十和田さんたちに彼女と会えた報告をしておく。

その後、目についたコンビニで買い物を済ませ、ジュエリーショップに戻った。

婚約指輪を選ぶための別室に入ると、加藤さんが指輪を試している。俺は彼女の隣に座った。

「どう？」

「おかえりなさい。全部素敵で迷ってるの」

「それ似合うよ」

薬指に輝くダイヤを指さした。なんでも似合うし、どんなものでも買ってあげたい。

俺たちの会話を聞いていたスタッフは「どうぞごゆっくり」と、席を離れる。ふたりでじっくり選ぶために気を使ってくれたのだろう。

「値段は気にしなくていいから、好きなの選びなよ。もしピンとこなかったら別の店に行こう」

スタッフに聞こえないよう彼女に耳打ちした。

「ありがとう。でも私、このお店がいい。これもきっと縁だと思うの。それに、私のために北村さんが探してくれたお店だから、ここで決めたいんだ」

「そうか。……そうだな」

嬉しいことを言ってくれるものだと思っていると、加藤さんが俺の顔を見つめていた。

「ん？　どうした？」

「私、本当はね、何もなくてもいいの。……北村さんがいてくれれば、それでいい」

うるんだ瞳で告げられた俺は、どうすればいいかわからないほど動揺した。鼓動が体を駆け巡る。だが、ひとりで興奮している場合ではない。小さく深呼吸して、下半身がよこしまな反応をしないよう、落ち着きを取り戻す。

そんな俺の気持ちなど露知《つゆし》らず……加藤さんは不安げな眼差《まなざ》しを向けてきた。きっとまた、俺が迷惑に思っているとかなんとか、わけのわからないことを考えているのだろう。

「あのさ、そんなこと言われたらこの場で襲いたくなるから、やめてよ」

「えっ」

「真っ赤だよ、加藤さん。そんな顔は俺以外に見せないでね?」

加藤さんのかわいい反応に降参した俺は、笑うしかない。幸いなのか、耳まで顔を赤くしている彼女の前に、「どうされましたか?」とスタッフが笑顔で戻ってきた。

店を出ると日が暮れ始め、時計台がライトアップされていた。それを見た加藤さんが感嘆の声を上げる。せっかく札幌まできたのだから楽しんでくれるのは何よりだ。

指輪は出来上がり次第、俺がこちらで受け取り、彼女に渡すことにした。

「ねえ北村さん。いまさらだけど、まだ午後の仕事があったんじゃ……」

「今日は俺、現場から直帰だったから平気だよ。明日は休みだし」

正確に言えば、直帰はあとからそうしてもらったのだが。

「よかった。あと、私が北海道にきたことを教えたのって、やっぱり十和田さんなの？」

「十和田さんと石橋さんだよ。ふたり別々に連絡がきた」

「え……！」

「現場でメッセージが入ってさ。焦《あせ》って建物に戻ったり、あちこち探したけど加藤さんを見つけられなくて、また連絡が入った時、加藤さんが泊まる予定のビジネスホテルを聞いたんだ。それで先回りして待ってた。日帰りじゃなくて本当によかったよ」

「そうだったの……」

「加藤さんには言わないでくれってあったけど、もういいよな？」

「うん。本気で心配してくれたんだもの。悪いのは私だし、北村さんに会えたのは彼女たちのおかげだから。私、あとでふたりにお礼のメッセージ送るね」

「加藤さんに会えたことは報告してあるよ。喜んでた」

数か月一緒に暮らしていただけの関係で、ここまで心配してくれるのだ。本当にいい人たちだと思う。

「そういえば加藤さん、明日の飛行機って何時？」

「飛行機は二時発だけど……私、今晩、泊まるところが――」

「今夜は俺に任せてって。とりあえず、腹減ってる？」

このあとの予定を告げたら、驚くだろうか。心が通じ合っても、まだそういう気にはなれないと言われたら、そばにいるだけでもいい。

「それがね、不思議なんだけど全然お腹が空《す》いてないの。夕飯は石橋さんオススメのジンギスカンのお店に行こうと思ってたのに」

「具合悪い？」

「ううん、その反対。嬉しすぎて胸がいっぱいで、何も入りそうにないんだ」

「俺も同じだよ」

調子が悪いわけではなく、俺と同じ理由だということにホッとした。この流れで言ってしまおう。

「じゃあ先に、加藤さんのこと食べてからでいい？」

「えっ、た、食べる？」

「そのために、加藤さんのビジネスホテルをキャンセルさせた。俺と一緒に別のホテルに泊まらないか」

「シングルベッドが狭いって、そういう意味だったの!?」

「そういう意味だね」

加藤さんの手の温《ぬく》もりよりも熱い思いを伝えるように強く握った。

「イヤ……？」

「……ううん。イヤじゃないよ。私も一緒に、いたい」

「ありがとう」

彼女を初めて抱いた夜を思い出す。酔った勢いではなく、彼女の魅力に抗《あらが》えなかったのが本当のところだ。

「俺の部屋は飛行機乗る前に一緒に行こう。俺がいま、こういうところに住んでるって知ってるほうが安心だよな」

「うん、そうね」

「だから今夜は、このまま俺についてきてほしい」

「……はい」

俺を救ってくれたあの夜の女神が、小さく頷《うなず》いた。俺は足を止めて、あふれる思いを言葉にする。

「ずっとこの日を夢見てたんだ、俺」

加藤さんに触れて、もう一度抱きたい。心と体を通わせて、あのめくるめく甘美な思いに再び焼き尽くされたいと、ずっと願っていた。

「今夜は慰《なぐさ》め合うんじゃなく、加藤さんと……愛し合いたい」

「……私も」

メガネを外して、その顔に近づける。風に吹かれた彼女の髪の甘い香りが欲情を誘う。

柔らかな唇に自分のそれを重ね、そっと抱きしめた。

大きなペアガラスの向こうは、何も遮《さえぎ》るものがない。俺たちは、札幌の夜景が一望できる高層階のスイートルームにいた。

「綺麗……。宝石みたい」

「ああ、そうだね」

ジャケットを脱いだ俺は、窓際でため息を漏らす加藤さんの後ろに立つ。天気がよいためか、群青色《ぐんじょういろ》の夜空ときらめく夜景が遠くまで見渡せた。

木製の家具と白やベージュのリネン類でそろえられた、清潔感のある落ち着いた雰囲気の部屋だ。

「北村さんは、ここに泊まったことがあるの？」

窓ガラス越しに目が合った彼女を、そっと抱きしめる。

「俺もここは初めてきたよ」

「そうなんだ」

「加藤さん」

「あ……」

形のよい耳を甘噛みすると、彼女の体が震えた。

「こっち向いて」

「あっ」

二の腕をぐっと掴《つか》み、振り向かせる。有無を言わせない勢いで、艶《つや》のある唇を奪った。

メガネはとっくに外している。

「んっ、んんっ！」

俺に口中を舐《な》め回されて、彼女がくぐもった声を漏らす。甘い呻《うめ》きが、俺をますます興奮させるから、もう止められない。加藤さんの背中をガラスに押しつけ、動けなくした。

息をすることなど許さない。俺のことだけしか考えられなくして、彼女の全てを奪い尽くしたい。柔らかな舌に何度も吸いつき、舌の根も歯の裏も俺の舌で嬲《なぶ》った。

「ん……ん……んう……」

次第に声が小さくなり、彼女の体から少しずつ力が抜けていった。それを逃がすことなく抱きしめ、キスをしながら移動して、ダブルベッドに押し倒す。

そこでようやく唇を解放した。

「ぷは……っ、ちょ、ちょっと、北村さん、待っ――」

「ダメだ、一秒たりとも我慢できない」

「あの、んっ、んんーっ！」

まだ足りない。どれだけ我慢していたかわかってもらうには、この程度では無理だ。

加藤さんに覆《おお》い被さり、深いキスを落とし続けた。

もつれあいながら彼女の体をまさぐる。温かく柔らかくなめらかな肌に早く触れたい。

性急な俺の背中に、加藤さんの両手が回された。一瞬驚いて唇を離そうとすると、逆に彼女が舌を絡《から》ませてくる。俺の唾液を啜《すす》り、飲み込み、全てを受け入れるように、俺の気持ちに応えてくれた。

大げさな話ではなく、キスだけで出してしまいそうなほどに感じている。

彼女を初めて抱いた夜もそうだった。体の相性がいいというのは都市伝説だとばかり思っていたが、あの夜、本当だと知った。いまもその思いは変わらない。

互いの舌や唇を味わい、まだ脱ぎ切っていない服の上から体を押しつけ合う。……どれくらいの間そうしていただろう。気がつくと、俺も加藤さんも恋の熱に肌が汗ばんでいた。

「好き、だ、加藤さん」

「……わ、私も、好き……」

まつげが触れ合うくらいの距離で、息も絶え絶えに心を伝え合う。

早く彼女のナカに挿入《はい》りたい。これ以上の快感を味わい、恋情にまみれたい。

けれど次の行動に出ようとした時、目の前のうるんだ瞳を見て、彼女に伝えたかったことがあったのを思い出した。

「……どうし、たの？」

「君は僕の太陽、です」

「え……？」

「そう言おうと思ってた、ずっと」

「それって……」

加藤さんは俺の言葉を反芻《はんすう》するかのように呟《つぶや》く。

「覚えてる？　新宿のラブホテルに泊まった翌朝、俺がつけたテレビのドラマで言っていたセリフ」

「うん……、うん、覚えてる」

あの日、ぐっすり眠る加藤さんの寝顔を見ていた俺は、そこで全てが吹っ切れた気がした。自分自身を責めていた後悔は昇華《しょうか》されて、久しぶりによく眠れた自分に驚く。

そして、ベッドから起き上がりテレビをつけ、普段見ることのないドラマにチャンネルを合わせた。再放送なのか、最近のものかもよくわからず、ただ画面を見つめる。後ろに加藤さんが寝ている——それだけでホッとして、何もかも許せる気持ちになれた。

「あの時の俺は加藤さんに救われた。俺の太陽は加藤さんだな、ってぼんやり思った。それをいつか伝えたかったんだ」

「北村、さん」

「星乃は俺の太陽だ」

そう伝えると、彼女の目から一筋涙がこぼれた。

「私だって、北村さんに救われてたよ。あの日まで私、婚約破棄をされたあと、ずっと涙が出なかったの。実感なんて湧かなくて、ただ自分を責めて……。でも、北村さんも同じ気持ちなんだって思ったら、あなたの背中を見つめているうちに涙があふれて止まらなくなった。あの瞬間に、私は私を……許したんだと思う」

「俺と同じだな」

「そう、なの？」

「ああ。自分を許せたのは、あの時だったから」

加藤さん——星乃も切ない笑みを見せる。

「年末のね、二次会の招待状に傷ついた時も、また泣けない私に戻ってしまった。だから北村さんに会いたくてシェアハウスに帰ったの。そしたらやっぱり、北村さんの前では泣けた。その時やっと、私には北村さんが必要だと自覚できたのかもしれない」

彼女の瞳が揺らいだ。

「私を救ってくれてありがとう、北村さん」

「俺が救った……？　本当に？」

俺が救われていたのに、同じように思っていてくれたのか。

「本当だよ、月斗」

俺の名を呼びながら首に手を回してくる。

急にこれは反則だろう……！　俺は顔中が熱くなるのを感じた。

「私も月斗って呼んで、いい？」

限界もいいところだ。爆発しそうな思いを抱え、「呼んでよ、星乃……！」と、懇願《こんがん》しながら彼女を掻《か》き抱く。

「俺が星乃を絶対に幸せにする。泣かせたりしない。誓うよ」

「私も月斗を幸せにする。だから、一緒に幸せになろうね？」

――幸せになる。

お互いがお互いを幸せにして、一緒に幸せになる。その気持ちがあれば、これから先、何があってもそばにいることができると確信した。

「ああ、幸せになろう」

俺の言葉に頷《うなず》く星乃の首筋に唇を移動させる。優しく這《は》わせ、その肌に何度もキスをした。

「あ……、好き」

「好きだ、星乃……！」

彼女が着ているカーディガンを一気に剥《は》ぎ取り、ブラウスの裾から手を入れた。下着の上から膨らみに触れる。

「あっ、もう？」

星乃がびくんと体全体を揺らし、驚いた表情で俺を見た。

「もうじゃない。やっと、だよ」

「でもまだシャワー浴びてな、あっ！」

ホックを外すのももどかしく、強引にブラウスと下着をたくし上げる。

彼女は着やせして見えることを思い出した。大きく張りのある形のよい胸にむしゃぶりつきたい衝動に駆られるのを必死に我慢し、その顔を覗《のぞ》き込んだ。彼女は口を引き結んで羞恥《しゅうち》に耐えている。

「シャワーなんて浴びなくていい。俺も浴びない。イヤ？」

本当は問いかける余裕などないのだが、自分本位な男を彼女は嫌うだろう。それだけは避けたい。

だが彼女は視線を合わせ、俺を強く抱きしめてくれた。

「……イヤ、じゃないよ。本当はすぐに、抱かれたいの……！」

タガがはずれた。

「星乃、好きだ。好きだ星乃……っ！」

抑えきれない恋情になすすべなく降参し、彼女の肌へめちゃくちゃにキスを落として吸いつき、痕をつける。

「んっ、あっ、あ」

舌を這《は》わせ、尖《とが》り始めた乳首をぺろりと舐《な》めると、一層反応を強めた彼女の嬌声《きょうせい》が響いた。

「んあっ、ああっ、やぁ」

俺は先端をくわえて舐《な》め回し、空《あ》いているほうの右胸を揉みしだく。柔らかさと甘い香りにいざなわれ、思うがままにむしゃぶりつける喜びを堪能《たんのう》する。

ベッドがぎしぎし揺れ、乳首を吸う音と互いの荒い息遣いが部屋中に響いていた。オレンジ色の間接照明がふたりの影を壁に映す。それはまるでろうそくの火のように揺らめいた。

そこで急に星乃がスカートの裾を自分でまくり上げ始めた。そして俺の手をショーツに導く。

「星乃……？」

たじろいだ俺は彼女の顔を窺《うかが》った。

「も、いいの。そこ、触って、早く」

上気した頬と、とろんとした目が……俺を求めている。

「……わかった」

彼女の耳のなかへ甘く囁《ささや》き、熱い指の腹でショーツの上を撫《な》で上げる。

「あっ」

瞬間的に彼女の腰が浮き上がった。そこは既《すで》に俺を受け入れる準備を終えているかのように、蜜が染み出している。

「すごい濡れてるよ、星乃」

嬉しさが声に表れてしまった。

「だって私、月斗に触れられると、おかしくなる、から……っ、あっ、もうイッちゃい、そう」

撫《な》で続ける俺の指に、彼女は自《みずか》ら腰を浮かせてこすりつけている。

俺も星乃と同じだ。

彼女を初めて抱いた夜、肌が触れ合うだけでおかしくなりそうなくらいに、快感が駆け上ってきた。キスをすれば頭も体も蕩《とろ》けそうに気持ちがよく、繋がった途端、達してしまいそうになる不思議な感覚。

「俺も同じだよ。俺たち、なんでだろう。こうして触れているだけなのに、なんで……こんなに、いいんだ……」

顔を歪《ゆが》ませて昇りつめたくなるのをこらえ、自分を納得させるために言葉を続けた。

「体の相性がものすごくいいんだよな、きっと」

「体、だけ？」

彼女が首をかしげた。わざとそんな小悪魔的な顔をして俺を煽《あお》っているのだろうか。こんなにも俺は余裕がないというのに。

「そんなわけないだろ。全部だよ。考え方も感じ方も、行動も、全部相性がいいに決まってる」

苦笑しながら彼女の髪を撫《な》でる。

「うん、そうだよね」

ふふと笑う星乃を強く抱きしめた。彼女は俺の首にしがみつき、鼻を寄せて匂いを嗅いでいる。

「月斗の匂い、好き」

「俺も星乃の匂いが好きだ。たまらなくなる……！」

唇を舐《な》め上げ、そのままキスをする。

しばらくそうしてから、俺は体を起こし、ソファへ無造作に置いていたジャケットを手にした。内ポケットに突っ込んであるゴムの箱を取り出す。

「さっき、買っておいた」

上半身を起こしている彼女に、箱を見せる。

「もしかして、私が指輪を見てる時？」

「そう。もう絶対に星乃のことを逃さないって思って、さ」

「うん、離さないで」

「ああ」

頷《うなず》きながら俺は自分の服を脱いでいく。彼女も待ちきれないのか、自分で服を脱ぎ出した。恥ずかしそうな表情をしながらも、積極的に受け入れようとする、そのギャップが俺を焦《あせ》らせる。床に自分の服を脱ぎ散らかして星乃へ近づいた。

一糸纏《まと》わぬ姿の彼女は胸と下半身を手で隠し、横になっていた。俺はベッドの上で素早くゴムを着け、彼女の手をどかした。間接照明のなかとはいえ、隅々までよく見える。

「そんなにじっと、見ないで」

「綺麗だからもっと見たい。もっと……触りたい」

「あ……ああ」

熱を持つ肌に飛びかかるようにして覆《おお》い被さった。胸から腰にかけて舌を這《は》わせながら唇を押しつけ、びしょびしょに濡れた入り口に指を滑り込ませる。

「んっ、んあっ」

出入りする指に合わせて彼女が腰を上下させる。その姿が一層俺を煽《あお》った。もう挿《い》れてしまいたい。

彼女と一緒にのぼりつめたい思いが、言葉になろうとした時――

「もう、挿《い》れ、て……」

息を漏らしながら星乃が呟《つぶや》いた。目に涙が浮かんでいる。

「イッてもいいよ……？　俺の指で」

俺は動かしていた指をより激しく抜き差しする。生温かい湿《しめ》り気が俺の指を濡らした。シーツに痕が残るほどの滴《したた》りだ。

「あんっ、まだ、ダメッ、なの……っ！」

「どうして」

「月斗と一緒に、んっ、感じたい、のっ」

星乃の目から涙がこぼれた。

彼女の言葉が胸を打ち、切なくなる。また俺と同じことを考えているのか……このかわいい人は。

「一緒が、いいの。……こんなこと言っちゃ、ダメ、だった……？」

「……感動してる」

「え、あっ！」

ひくついている入り口へ、痛いほどはちきれそうになっている自分のモノをあてがった。

「かわいすぎるんだよ、星乃、は……っ！」

一気に彼女のナカへ挿入する。

「あーっ、あっ、ああっ！」

背中をのけぞらせた星乃は腰をびくびくと跳ねさせ、俺を強く締めつけた。

「あ……っ、わた、し……んん……ふっ」

焦点の定まらない星乃の足先が、ぴんと伸びていた。生ぬるい彼女のナカはまだ痙攣《けいれん》し、ナカにいる俺を引き絞《しぼ》る。挿《い》れたばかりなのに俺も出てしまいそうだ。

「星乃……、もう、イッちゃっ、た？」

俺の汗が赤い唇にポタリと落ちる。星乃は弱々しく唇をひらき、そっとそれを舐《な》めた。力が入らないのか、うまく返事ができないらしい。

「……っ、あ、はぁ……ん、ん……」

俺をくわえ込んだまま、体を弛緩させた。

「……恥ずかし、しい」

わずかに唇を動かし、彼女は甘い余韻《よいん》に浸《ひた》っている。だが、まだこれで終わらせるわけにはいかない。

「そんなことないよ。かわいい、っていうか。お……」

「……お……？」

気を抜けばすぐに達しそうだ。俺は微苦笑して、素直な言葉を渡す。

「俺も、ヤバいんだけど……」

脱力している彼女の腰をぐっと掴《つか》む。それだけで快感が突き抜け、腰が溶けそうになった。

「あっ」

「どうして星乃だと、こんなに、いいんだ、くっ」

俺が腰を動かし始めると、いやいやと星乃が顔を横に振る。

「あっ、あ、ダメェ……イッたばっか、り……あうっ」

もう何を言われても止められず、俺は激しく突き入れ、欲望のままにがつがつと星乃の奥を穿《うが》つ。

「いいよ、星乃、いい……！」

「あ、あ……、月斗、月斗、あっ」

どこかへ落ちてしまいそうだ。

星乃も再び感じ始めたのか、俺の腕にしがみつき、名を呼び続けている。

俺が与える快感に溺れる彼女を見ていると、ふいに言葉があふれ出た。

「愛してる、星乃」

「っ！」

初めて伝えた言葉に彼女は目を見ひらく。

「愛してるよ、星乃……！」

何度でも伝えたい。

「私も、愛してる、月斗……！」

俺の気持ちに応えてくれるその声が、眼差《まなざ》しが、肌の熱さが……全てが、くるおしいほどに愛《いと》しい。

「もう、ダメだ……イくっ」

俺は声を上げながら、さらに腰を激しく揺さぶり、快感をむさぼった。星乃のナカが再び締まり、俺を呑み込んで放そうとしない。

「んっ、私もっ、もうダメ……っ！」

「一緒に、星乃……っ！」

「あっ、ああー……！」

相性がいいというだけでは説明がつかないほどに、体中が互いを求めてやまない。

俺は悦楽《えつらく》に声を漏らしながら腰を震わせ、星乃のナカへ思いの丈《たけ》を放出した。同時に彼女も全身をひくつかせて、俺を吸い取らんばかりに締め上げ痙攣《けいれん》する。

ようやく繋がった思いと体の充足感に満足した俺は、星乃の体にぐったりとのしかかった。汗ばむ肌はぴったりとくっつき、ふたりを解《ほど》こうとしない。

「あ……はぁ……」

俺は何度か肩で息をし、そして次の行動へ移る前に呼吸を整えた。

「ん……」

幸せそうに星乃が微笑《ほほえ》んでいる。俺も幸せだ。しかし、これで終わらせたくはない。

「……まだ」

俺は腕に力を入れて体を起こした。

「え……？」

「……足りない、から」

「月斗？　んっ……あ」

星乃の蜜にまみれた俺のモノを、ずるりと引き抜く。素早くゴムの処理をする間に、再び熱を放出する準備を終えていた。貪欲《どんよく》にもほどがあるだろうと自分でも思うが、星乃に対する渇望が収まらないのだ。

「もう一回、いい？」

「え、え……？」

戸惑《とまど》う彼女に尋《たず》ねる。拒否されるなんて想像すらしていない。

「星乃、足りないでしょ？　あれだけじゃ」

俺はずるい言い方で同意を求めた。それでも返事をしないから、唇を強引に重ねる。

「んっ」

優しく労《いた》わるように、彼女の唇も口中も舐《な》め、吸った。

「ん……んん……」

星乃の体にもう一度火が灯るように、優しく丁寧に、長い長いキスをする。

そっと唇を離すと、頬を紅潮させた彼女が息も絶え絶えに言葉を発した。

「私はすごく満足したよ。……気持ちよかった、し」

では、これでお預けだというのだろうか。

「俺は全然満足してないし、まだ星乃のこと、ちっとも感じさせてない」

口を曲げて反論する。少々子どもっぽかったかもしれないが、仕方ない。

「月斗、満足してないの？」

「いや、それは語弊《ごへい》がある、ごめん。俺は星乃とするのは気持ちがいいし、心も満足してる。でもまだ愛したいっていう意味なんだよ」

確かに言い方が悪かった。謝る俺を見て、星乃は納得したように微笑《ほほえ》む。

「それなら私も、愛したい、って思う」

星乃の表情が俺の気持ちを揺さぶった。

「素直でかわいいな、星乃は」

目を細めて彼女を見つめ、俺も微笑《ほほえ》む。

そうしてまた唇を合わせ、裸の体をまさぐりあった。星乃の奥に指を抜き差しすると、彼女は快楽に喘《あえ》ぎながら、俺の硬く膨れ上がったモノに触れた。そして、上下に動かし始める。

「あ……いいよ、星乃、もっと……」

彼女の手の小ささと柔らかさが興奮を高め、俺を夢中にさせた。このままではまずい……というすんでのところで星乃の手を離させ、ゴムを着ける。

「星乃、うつ伏せになって」

「えっ、後ろから？」

「ああ、挿《い》れるよ」

白く丸い星乃のお尻を持ち上げ、洪水のように濡れあふれているそこへ、猛々《たけだけ》しく反り返った俺のモノを一気に突き入れた。

「あうっ！」

星乃の嬌声《きょうせい》を聞きながら、めくるめく快感の渦《うず》に呑み込まれそうになる。

彼女に後ろから挿《い》れるのは初めてだ。この思いつきに感謝したくなるほど、気持ちがよすぎて頭の芯までクラクラする。

ぐちゅぐちゅと出入りする音と、肌がぶつかり合う音が混じり合う。繋がるそこを見ながら、思いのままに突きまくった。

「よく見えるよ、星乃……かわいい……！」

「やっ、ああっ、恥ずかし、んうっ」

「いいよ、星乃も動かしてくれ……！」

激しく攻め立てる俺の動きに合わせて、星乃が素直に腰を振る。俺はそんな彼女のナカを抉《えぐ》るように何度も打ち込んだ。

「私、私、また……、あっ、あ！」

「いいよ、何回でもイきなよ、星乃……っ！」

彼女は体をくねらせて、イッてしまったようだ。

もうそのへんから何がなんだかわからなくなるくらいに、俺は欲望のままに星乃のナカを長いこと堪能《たんのう》し続ける。

愛の言葉とお互いの名を呼び続け、幾度となく達した彼女とともに、俺も幸せの底で果てた。

◆　◆　◆

たくさん抱き合ったあとで、私たちは一緒にバスルームに入り、体を洗いっこした。

じゃれたりふざけ合ったりするのが幸せでたまらない。

広いバスルームの湯船は、ふたりがいっぺんに入っても余裕がある。

ぴちょん、と、彼が指で弾《はじ》いたお湯の音が響いた。彼は私を後ろから包み込む形で、お湯に浸《つ》かっている。

「払拭《ふっしょく》できた？　トラウマ」

私の肩に顎《あご》を載せた彼が囁《ささや》く。

「うん、できたよ。北……月斗は？」

ついクセで「北村さん」と呼んでしまいそうになる。慌てて言い直すと、月斗が耳もとでクスッと笑った。

「まぁ俺の場合、『婚約指輪』の件は、とっくに過去の話になっていたけどね。星乃にプロポーズをして婚約指輪を買う、それがシェアハウスを離れた俺の目標だった。そこへ至るには星乃が立ち直って元気になり、俺のことを本気で好きになる時間が必要だと自分に言い聞かせてた」

「月斗……」

「星乃がトラウマを払拭《ふっしょく》できなければ、イコール俺も乗り越えたことにはならない。それくらいの気持ちでいたんだ」

彼の言葉がじんわりと胸に広がり、私は自分の背を彼にゆだね、広い胸にもたれかかった。

「私ね、月斗が婚約指輪を選びに行こうって言った時、一瞬身構えたの。『婚約指輪』の言葉だけで体が硬くなるというか、足がすくんで動けなかった」

「ああ、気づいてたよ」

私の左手薬指を月斗が撫《な》でた。今日彼に買ってもらった指輪を、この指にはめることができるのはもう少し先だ。

「そういうつもりはなかったけど、根が深かったのかもしれない。気づいたら怖くなって身動きが取れなくなった。でも月斗が『トラウマ払拭《ふっしょく》しよう』って、私の手を取って歩き出したでしょう？　それでとても心が軽くなった。私には月斗がいるんだから、大丈夫。立ち止まる必要はないって思えたの」

「そうだよ、星乃。俺がずっとそばにいるから、もう大丈夫だ」

優しい声が耳のなかに入ってくる。

「私も、ずっとそばにいる。月斗のそばに」

彼の手をぎゅっと握ると、応えるように強く握り返してくれた。透明なお湯が振動で揺らめく。

「何も怖くないよ、私」

「ああ」

「月斗がいれば、何も怖くない」

元気になれたのも、強くなれたのも、あなたがいればこそだと心から思っている。

「幸せだな」

「私も」

肩の上にある彼の頭に、自分の頭をこつんとくっつける。すると、月斗がため息を吐《つ》いた。

「あーあ」

「どうしたの？」

「俺、まだ全然星乃のこと抱き足りないんだけど。星乃はもう満足してるの？」

「えっ!?」

「あとでもう一回したい。……いい？」

「……うん。して」

顔だけ振り向かせると、月斗が唇を重ねてきた。柔らかくて、温かくて、優しいキスをゆっくり味わう。何回も軽いキスをしてから、私は彼の言葉を思い出した。

「君は僕の太陽です、って……なんか、照れるね」

えへへと笑うと、月斗が私の耳に唇をあてる。

「俺の本当の気持ちだから何度でも言う。星乃は俺の太陽です。君じゃなきゃダメです。月は太陽がいないと光ることができないんで、そばにいてください」

くすぐったいのか、先ほどの快感が甦《よみがえ》っているのか……嬉しさとともに、ぞわりとした感覚が私の体を熱くさせた。

「やっぱり、照れるよ」

「照れるなって」

月斗が優しく抱きしめてくれる。

「私にとって、月斗もそういう存在だよ。太陽がいないと私は……自分がどこにいるのかもわからない」

「……星乃」

「月と星が同じ夜空にいるっていうのもロマンチックだと思う」

「星乃も言うじゃん」

「月斗に感化されたの」

クスクスと笑い合いながら、繋いだ手の指を絡《から》ませた。ぬるめのお湯は、いつまでも浸《つ》かっていたいくらい気持ちがいい。

「俺、星乃と出会って、翌朝の別れ際に連絡先を聞いただろ？　あのあと本当はすぐに連絡入れようと思ってたんだけど、できなかった」

「そうだったの……？」

月斗から連絡はこないな、とぼんやり考えたことはあった。でも、まだお互いに心から元気になっていないのだと納得していた。

「しつこいと思われたらイヤだし、体目当てだと疑われたらもっとイヤだし……とにかく星乃に嫌われたくなかった。それで気づいたんだ。星乃のことが気になってしょうがない自分に」

彼は私の手を何度も優しく握る。指を絡《から》ませて、強弱をつけて。それが月斗の言葉と共鳴しているように感じられた。

「シェアハウスのモニターの一次選考は海猫ハウジングがランダムに抽選した。その面談する十人の資料を海猫ハウジングで確認したのが、そろそろ星乃に連絡を入れようとした時だったんだよ。応募者に『加藤星乃』の名前を見つけた」

「でも私、あなたに下の名前は教えていな……あっ、もしかして」

「連絡先のメッセージのアイコンが『ほしの』だったからね。『加藤星乃』なんてそういる名前じゃないし、応募動機を見て間違いないと思った」

彼のほうは「きたむら」という名前のアイコンだったから、下の名前はシェアハウスで自己紹介をし合うまで知らなかった。

「月斗と面談で再会して、本当に驚いたの。まさかこんなことが起きると思わなくて」

「俺たちの出会いからして『まさかこんなことが』だったけどな」

「婚約指輪を売ったこと？」

「そうだよ。まさか同じ境遇の人と同時に声を上げるとか……ね」

「そういえばそうだったよね」

小さく笑い合う声が、バスルームに反響する。

まさかあの男性とこうして愛を誓い合うことになるとは。人生は何が起こるかわからないと、しみじみ思う。

「俺の計画としては、シェアハウスが終わった頃に一度東京へ戻って星乃にプロポーズ」

「えっ」

「それで、俺が北海道の仕事を終えて東京に帰ったら、年内に式を挙げる」

「ええっ！」

「っていうはずだったんだが……星乃の顔見たら、俺、ダメなんだよな。いつも理性が利かなくなる。さっきもプロポーズするのを抑えられなかった」

私の手や腰を撫《な》でながら話す彼の声は、とても心地いいものだった。

「初めて星乃に会った時からそう。会ったばかりの女性といきなりホテルに入るなんて初めてでさ」

「そう言ってたよね。私もだけど」

「ああ。それでどうしてそんな行動に出たのかっていうと、やっぱり、最初から星乃に落ちてたんだろうな。ずっと星乃にメロメロなわけ」

「メ……!?」

驚く私の頬に彼が優しく唇を押しつけた。

「たい焼きのあんこも、本当はついてなかったからな、ははっ」

「う、嘘だったの？」

「にこにこしてる星乃がかわいくてさ、どうしてもキスしたくなった。けど、恋愛禁止って言ったの俺じゃん？　だから苦肉の策で『あんこ取ってあげた』とか言ったわけ」

「月斗ってば」

「だってかわいいんだからしょうがない。星乃、こっち向いて、俺の上に座って」

体勢を変えられ、彼の膝《ひざ》の上に向かい合って座る。ほらかわいい、と月斗が私の頬に触れた。

「星乃を石橋さんに取られたくなくて恋愛禁止にした。そばに置きたくて俺の会社に誘った。同じ会社にいれば目の届く範囲だから何もないだろうと思ってても、客や他の社員と笑顔で接してる星乃を見て、ひとりでやきもきしてた。俺は意外にも嫉妬《しっと》深《ぶか》くて独占欲が強いって、星乃に出会って知ったんだ……」

私の胸に顔をうずめた月斗の低い声が、肌に浸透していく。

そんなふうに私を思う月斗がなんだかとてつもなく愛《いと》しくて、私は彼の頭をそっと撫《な》でた。

「俺、面談で再会した時に、これは絶対に運命だと思えたんだよ。星乃と俺は出会うべくして出会った。そう思わずにはいられなかった」

「運命だと思う、私も。あなたと出会うために、あの場所に行ったの、きっと」

今度は私から彼にキスを落とした。

生ぬるい彼の舌に私の舌を絡《から》めて、吸って……好きの気持ちを込めて、丁寧に舐《な》め続ける。

唇を離すと、すぐそばの黒い瞳に私が映っていた。私の脚の間に彼の硬いモノがあたっている。私のキスで興奮してくれたのかと思うと頬が熱くなった。

ふいに月斗が何かを思い出したという顔をする。

「そういえば星乃、俺の現場にきたんだよね？」

「えっ、うん」

「俺のこと見たんだよな？　それはいつどこで？　俺、全然気づけなくて、すごい悔しかったんだけど」

「確か、お昼ちょっと前に到着したの。外をウロウロしてたら月斗が歩いてて、三ノ輪さんっていう男性が話しかけてた。私、木の陰から月斗たちを見ていたの」

「ああ、あの時だったのか！　ちょうど十和田さんと石橋さんから、スマホにメッセージもらったんだよ」

「月斗、急に建物に引き返したでしょう？」

「星乃がきてるんじゃないかと思って必死に探したんだ。周りに聞いても誰も知らないって言われて、途方に暮れたよ」

「すごく慌てていたのは、私を探すためだったの？」

「当たり前だろ。北海道まで俺に会うためだけにきてるなんて聞いたら、いても立ってもいられないよ。それも……見るだけでいいだなんて、かわいすぎだよ、星乃」

目を細めた月斗が私にキスをする。私も彼の首に腕を絡《から》めて応じた。少しずつ激しいキスに変わっていき、互いの呼吸が荒いものになっていく。

「もう一回しよう、星乃」

「ここで……？」

「いや、ゴムは部屋だから、あっちで星乃にすぐ挿《い》れたい」

「あ、んっ」

私のそこへ、彼のさらに大きくなったモノがこすりつけられた。私もすっかり濡れているからか、いまにも挿入《はい》ってしまいそうで切なくなる。私も、欲しい。いますぐにでも。

ない。

「だってまたしばらく会えないだろ？　その分たくさん愛したいんだ。星乃のこと」

私を愛《いと》おしそうに見つめる月斗の瞳に包まれる。そんな彼が、私も愛《いと》しくて仕方が

「月斗、わかりやすくなったね」

いままでずっと「北村さん」はわかりづらい人だと思っていた。でもいまは全然違う。手に取るように彼の気持ちがわかり、嬉しいやら、戸惑《とまど》うやらだ。

「何それ？」

「だってずっとわかりづらかったから、月斗の気持ち」

「そう思ってたのは星乃だけだよ。石橋さんにも十和田さんにも『北村さん、わかりやすすぎ』って言われてたからね、俺」

「そ、そうなの？」

「そうだよ。鈍い『加藤さん』」

「もう……！」

ははっ、と楽しそうに笑った月斗は、私をぎゅーっと抱きしめた。私の濡れるそこへ彼が自分のモノを押しつけるから我慢ができなくなる。

「今日ね、私……安全日なの。だから、いいよ」

月斗の瞳を見つめて請う。

「……いいの？」

「月斗がイヤじゃなければ、このまま……挿《い》れて」

「イヤなことなんてあるわけがない。星乃のナカに出したいよ、俺……っ」

言うが早いか、彼は私の腰を掴《つか》み、ずぐりとナカへ突き入れた。

「んあっ！　あんっ」

お湯のなかにいるせいか、入り口が勝手に締まり、きゅうきゅうと彼のモノに吸いついてしまう。

「きつっ、星乃っ、ちょっと抑えて……っ」

「んあっ、無理、っ、そんな、のっ」

突き上げてくる動きに合わせて、私も腰を上下させる。月斗は私の両胸をわしづかみにしてもみくちゃにしながら、先端に強く吸いついた。

「あんっ、いいっ、いいのっ！」

私の内肉が月斗の杭をこれ以上ないほどに締めつける。

突き上げられるたびに浴槽からお湯があふれ、私たちの行為の激しさを物語っていた。

私を見上げる彼の顔が苦悶《くもん》に満ち、限界を教えている。

「星乃、キスして」

唇を合わせてお互いをむさぼっていると、月斗が私を持ち上げて、自身を引き抜いてしまった。

「んんっ、あぅ、はぁ……、月、斗……？」

「立って星乃。もっと奥まで挿《い》れたい」

「え、あっ」

湯船から立ち上がらせた月斗は、私の背中を壁に押しつけた。水滴が肌につき、ひやりとする。

「んっ、冷た、い」

「ごめん、でも止まらない」

彼は私の手を自分の首に絡《から》ませた。そして自分は私の片膝《かたひざ》の裏に手をかけ、持ち上げる。ひくつくそこに再び硬く大きなモノを押し挿《い》れた。

「ふ、あんっ、やぁっ、こんな格好、恥ずかしいっ」

「綺麗だ、星乃、いいよ、いい……！」

「ああっ、んあっ、あんっ」

お湯から出たことで、肌がぶつかり合うパンパンという音と、彼の硬い杭がぬるぬるの肉のナカを抜き差しする卑猥《ひわい》な音がバスルーム中に響く。

「っあぁ、このまま、イクよ、星乃っ！　本当にいいんだな……？」

「んっ、きて、出して……お願いっ」

「愛してるよ、星乃！」

「私もっ、んっ、愛してるっ！」

彼にしがみついて受け止める準備をする。愛液がだらだらと太ももに垂れているのがわかった。

「出すよ、ああ、……イクッ……っ！」

「私もイッちゃ、うあっ、ああっ！」

月斗の呻《うめ》き声と熱い吐息に触発された自分のそこが、またも悦楽《えつらく》の波に私を引きずり込んだ。目の前で何かが弾《はじ》ける。

彼が私のナカへ欲望の全てを吐き出したと同時に、失神しそうなくらいの快感が頭のてっぺんから足の先まで駆け抜け、私はがくがくと体中を痙攣《けいれん》させて達した。

「——星乃……大丈夫か……？」

呆けていた私を気遣う声が遠くに聞こえた。月斗が私の膝《ひざ》裏から腕を抜き、代わりに私の体全体を支えている。

「ナカに、月斗の……いっぱい……」

囁《ささや》くように呟《つぶや》くと、月斗はそこからずるりと自身を引き抜いた。そこから彼の精液がとろとろこぼれてくる。お腹から幸せな気持ちに満たされた私は、彼の肩に顔を押しつけた。

「……嬉しい。幸せ……」

「俺も、嬉しい。星乃のナカにたくさん、俺のを塗りつけることができた……」

「月斗……」

「最高だったよ、星乃」

「私も、最高だった……」

顔を寄せた月斗と甘いキスを交わした。何度も何度も。幸せを与え合い、それを堪能《たんのう》するかのように……数えきれないくらい、何度も。


翌朝も快晴だった。どこまでも青い空を、数羽の鳥が羽ばたいていく。

夏の暑さはあるものの、空気はからりとして気持ちがいい。

空港に向かう前に、月斗が借りている部屋を見せてもらった。単身者用の綺麗なマンションだ。彼の部屋はシェアハウスと同様に殺風景で、荷物が極端に少ない。その光景を見た私は、なんだかホッとしてしまった。月斗はなんら変わっていないし、ここに長く留まるつもりはないという意思が見えたからだ。

新千歳《しんちとせ》空港のショップに寄り、お土産《みやげ》を買う。その後、ターミナル内のカフェに月斗と入り、カウンター席に座った。月斗はアイスコーヒー、私はアイスカフェオレを注文する。彼は普段からブラック派だ。

「お仕事、結構大変なの？」

「んーまぁ、そうだね」

彼の話によると、リノベーションしている二棟の団地のうち、店舗を予定している棟になかなか借り手が集まらないという。コラボしている海猫ハウジングに、これまでより広い範囲での宣伝をすぐにでも頼むらしい。

「それで来週、海猫ハウジングの社長が現場にくるんだ。現状を話して、もう少し広告の打ち方を変えてもらうよ。場所が場所だけに、借り手が入らないのは想定内ではあるんだけどね。いまさらって言われても、俺はできる限りのことをしたい」

海猫ハウジングの社長はまだ若く、三十代前半だと月斗に聞いた。だから彼と話が合い、相談もしやすいのだろう。

「俺だけの説明じゃ、上の人に納得してもらえないことが多いんだよ。そこで海猫ハウジングの社長にきてもらって、頭のカタい人たちを説得してもらうわけ」

彼はブラックのコーヒーをひとくち飲み、宙を見つめた。

「俺、二年以内にノースヴィレッジアーキテクツは辞めて、北村建設社に入ることになると思う」

「え⁉」

「手紙にも書いたけど、俺は自由にやらせてもらってる。でもそろそろ本腰を入れないとね」

彼が苦笑いする。

「北村建設社を継いだとしても、俺がいましていることは無駄じゃない。むしろ、リノベーションは今後求められていく分野だと思ってる。それを活かす方向で大きな仕事をしてみたいという野望ができた。こういう気持ちになれたのは、こっちでいろいろ経験できたからかもしれないな」

私は彼の言葉を取りこぼさないよう、じっと耳を澄ませていた。

「とはいえ、北村建設社に入ったとしても、しばらく自分の素性は隠すつもりだよ。一社員として働いて地道に力をつけていきたい。そこは父親にも納得してもらう。ノースヴィレッジアーキテクツは内村に任せるつもりだ」

「内村さんに？」

「ああ、あいつなら俺よりうまくやれる。だから……そうなっても、星乃には俺のそばにいてほしいんだ。俺のことを見ていてほしい。いいかな？」

こちらを向いた彼が申し訳なさそうな顔で笑う。

「いいも何も、月斗は月斗だもの。何も変わらない。あなたがそうしたいなら私は全力で応援する。だからそばにいさせて。イヤだって言われても、離れない」

彼にとって大変な決心なのだと思う。それを話してくれただけでも私は嬉しく思うから。

「……ほんと、もう」

はぁ、とため息を吐《つ》いた月斗がメガネをかけ直した。もしかして私、うざいことを言ってしまったのだろうか。

「愛してるよ、星乃」

熱い瞳を私にぶつけて微笑《ほほえ》むから、顔から火が出るほど熱くなった。

「なっ、ちょっ……！」

周りが気になった私は人差し指を立てて「しーっ」の合図を送ったけれど、彼は全く気にしていない。昨日から続く大胆な行動に、私は焦《あせ》りまくりだ。

「いいじゃん、ほんとのことなんだから」

彼は澄まし顔でコーヒーを飲み干している。

（これじゃあ私ひとりでどぎまぎしているみたいで恥ずかしい……！）

自分のように汗を掻《か》いたグラスに触れ、私はアイスカフェオレを飲み干した。

「送ってくれてありがとう」

カフェを出て、見送りはここまでという場所で私は月斗にお礼を言った。

「ああ。婚約指輪、楽しみにしてて」

「うん、そうね」

寂《さび》しいけれど楽しみがある。それに彼とは思いを繋ぎあったのだから、もうなんの不安もない。

「俺、九月後半には必ず帰れるように頑張るから」

「頑張ってね。いつまでも待ってる」

「待たせたくないが、待っててほしい。皆にもよろしく」

「わかった、伝えるね。じゃあ体に気をつけてね」

「ああ、星乃も気をつけて。着いたら連絡して」

「うん」

雑踏のなかを彼に背を向け、歩き出して間もなく——

「星乃！」

何事かと振り向くと、少し離れた距離の月斗が右手を大きく上げた。

「大好きだから！」

爽《さわ》やかな笑顔で言われ、かあっと頭に血がのぼる。けれど私は、次の瞬間。

「私も、大好き……！」

そう応えていた。

周りの人たちがこちらを一斉に振り返ったのがわかる。

「じゃあな！」

「うん！」

恥ずかしかったけれど……胸に広がる幸せな思いでいっぱいの私には、周りのことなどどうでもよくなってしまっている。

これが恋の力か……

なんて思いながら背筋を伸ばし、並ぶ人々の列に向かった。

◆◆◆

木々は紅葉し、すっかり秋も深まった十一月下旬の日曜日。
ジャケットを一枚羽織《はお》れば十分な気候の日となった。窓の外は真っ青な空の遠くに、
鰯雲《いわしぐも》が浮かんでいる。
お支度の部屋でウェディングドレスに身を包んだ私を、月斗が迎えにきてくれた。
「綺麗だ……」
介添人《かいぞえにん》の目など気にせず、彼がため息混じりに言う。

「……試着姿も見てるじゃない」

照れ隠しで、私はついそんな返事をしてしまった。黒いタキシード姿の月斗はこちらへ近づき、私の腰にそっと手を添える。その行動がスマートで、妙にドキドキする。

「試着は試着。あの時も綺麗だったけど、今日は特別に綺麗だよ」

耳もとに顔を寄せられて、さらにどぎまぎしてしまった。

「……ありがとう。月斗も素敵だよ、いつもと違うメガネかけてるのね」

「今日のために新調したんだよ」

彼は普段スクエアフレームのメガネをかけているのだが、今日はフレームのないリムレスタイプだ。いつもより大人の男性に見えて、なんだか……

「ん？　いつもよりカッコいいと思った？」

顔を覗《のぞ》かれながら図星を突かれた。頬がパッと熱くなった私は、口を引き結ぶ。

でも今日は特別な日なのだから、一生に一度くらいおおっぴらにノロケてもいい、よね？

「思ってるよ、いつだって。月斗はカッコいい、って」

素直な自分の気持ちを伝えた。うふふと笑った介添人《かいぞえにん》が気を利かせて、私たちのそばをさりげなく離れる。

「ありがと、星乃」

「んっ」

ちゅ、と頬にキスをされて反射的に目をつぶってしまった。カメラマンがシャッターを切る音が室内に響く。

顔を上げると、月斗が私を見て微笑《ほほえ》んでいた。

彼はこんなふうに、私が望む言葉を先回りして言ってくれる。それが嬉しくて、そのたびに私も自分の大切な思いを彼に伝えたくなる。そういう気持ちをこれからもずっとずっと、大切にしていきたい。

――私たちは今日、晴れて結婚式を挙げるのだ。

月斗が東京へ戻ってきたのは九月末。

彼は私との約束を果たすために、しっかりと仕事を終えて北海道から帰ってきた。彼曰《いわ》く「まぁ、なんとかなりそう」とのこと。彼のこの言い方は「大丈夫」と同じ意味だ。

そして私たちはすぐに結婚式の準備に取りかかった。

月斗が私の元職場の堀川部長から、「彼ら」のことを聞いたのは、その頃だ。

私の元カレの紳一と、月斗の元カノであり私の後輩だった鶴田さんは……部長が月斗に気を使って彼らに下した通り、左遷を受け海外支社にいる。彼らは最低五年あちらで過ごすのだが、戻っても本社に居場所はないそうだ。

複雑な気持ちに心が沈んだけれど、その話を教えてくれた月斗が私に言った「俺たちにはもう、あの人たちは関係ない」という力強い言葉のおかげで、私も気に病むのをやめにした。

私たちはこれから、彼らとは関係ないところで幸せになれば、それでいいのだから。

控室へ月斗と向かう。

そこには既《すで》に北村家と加藤家の親族がそろっていた。室内に入る私たちを皆が笑顔で迎えてくれる。

月斗が東京へ戻って早々に、私の両親、そして彼の両親への挨拶《あいさつ》はしていた。私の両親は喜んでくれ、月斗のご両親もふたつ返事で了解してくれたのだ。

月斗の実家へ伺った折、私は北村建設社の社長を前にとても緊張していた。そんな私を気遣うように、彼のご両親は月斗と私の気持ちを尊重したいと穏やかな声で言ってくれたのだ。

月斗が私の境遇をご両親に話しておいてくれたからだろう。私たちの結婚に対する思いは軽はずみなものではないと理解してもらえた。

そして私も、自分の両親に彼の過去を話していた。

そのおかげなのか結納の際、お互いの両親は通じ合うものがあったようで……いつの間にか連絡先を教え合うほど仲よくなっている。それは私と彼にとって嬉しい驚きだった。

いま、親族控室で北村家、加藤家の父親がそれぞれの親族を紹介したのち、運ばれたお茶を飲んだり、新郎新婦と写真を撮る和《なご》やかな時間を過ごしている。

「おねえちゃん。よかったよね、ほんとに」

「ありがと、春乃」

妹が嬉しそうに私に笑いかける。婚約破棄後、元カレとの思い出を処分しながら自棄《やけ》になっていた私を心配してくれたっけ。

「これからよろしくね、春乃ちゃん」

「はい。お義兄《にい》さん。よろしくお願いします」

「俺、ひとりっ子だから嬉しいよ」

月斗が照れたように笑うと、春乃の後ろで、私を呼ぶ声がした。

「星乃ねーちゃん」

「あ、秀ちゃん」

従弟《いとこ》の秀ちゃんが私の前にくる。彼の隣には奥さんの優海さんがいた。

「おめでとう、やったな！」

「うん、ありがとう。秀ちゃんの『幸せのおすそ分け』が効いたんだよ」

「あははっ、そうかもな！」

大きな口を開けて笑う秀ちゃんと一緒に私も笑った。秀ちゃんの優しい気持ちが私を癒やしてくれたのは本当だ。

「おめでとうございます、星乃さん。よかったですね」

「ありがとう。優海さんからもらったブーケのおかげね、きっと」

嬉しそうな笑顔を向ける優海さんと話していると、秀ちゃんが月斗に向き合い、頭を下げた。

「北村さん、星乃ねーちゃんのこと、お願いします」

「任せてください」

ふたりの会話が胸にじんとくる。こんな日がくるだなんて、どん底だった頃の自分には想像もつかなかった。

「おばさんもおじさんも、本当に嬉しそうでよかったな」

「うん……」

両親は身内や月斗の親戚の人たちと楽しそうに会話をして盛り上がっている。

これで安心させることができただろうか。ふたりは私に何も言わなかったけれど、本当はとても……心配してくれていたのだ。

「絶対幸せになるんだぞ？」

「なるよ、絶対に」

強く頷《うなず》いた私に秀ちゃんも頷《うなず》きながら、写真を撮ってくれた。

しばらくそんなやり取りをして、ふと入り口に目をやると、女性が顔を覗《のぞ》かせている。

ワインレッドのワンピースを着たあの人は、十和田さんだ……！

「十和田さん、石橋さんも！」

彼女の隣には石橋さんがいた。私たちと目が合うが、なかに入るのをためらっている。

そんなふたりを月斗が迎えに行き、私のそばまで連れてきた。

「石橋さん、十和田さん、きてくれてありがとう。挙式も出てくれるんだな」

月斗がふたりに挨拶《あいさつ》をする。この時間にいるということは挙式にも参加してくれるのだろう。

「せっかくだからな。ふたりともおめでとう。加藤さん、綺麗だよ」

「ありがとう」

ダークグレーのスーツ姿の石橋さんが私に優しく微笑《ほほえ》む。十和田さんに目を向けると、急に彼女の顔が歪《ゆが》んだ。

「か、加藤さ、ん……綺麗、う、うう」

「十和田さん⁉」

十和田さんがぽろぽろと涙をこぼす。というか、泣き笑いになっている。

「なんか、感激しちゃって……。よかったね。本当によかったね、加藤さん……」

泣きじゃくる彼女を見て、私の目にもみるみる涙が溜まっていく。

婚約破棄された私のことを知って心を痛めてくれた十和田さん。彼女も傷ついた心でシェアハウスにきていたから、私の気持ちをすぐに理解してくれたのだ。

月斗が北海道へ行ってからも、ずっと心配してくれていた。だからこそ、今日の日を心から喜んでくれている。私には彼女の気持ちが痛いほど伝わってきていた。

「ありがとう、十和田さん」

ひと粒こぼれ落ちた私の涙を、月斗が綺麗なハンカチで押さえてくれた。

「……ありがと、月斗」

彼の優しさがよけいに涙をあふれさせる。十和田さんもハンカチを取り出して涙を拭《ふ》いた。

「ご、ごめんね、誰も泣いてないのに」

「ううん。すごく嬉しいよ。十和田さん、ありがとう」

今度は私が泣き笑いだ。

「久しぶりだよな、こうやって四人で会うの。シェアハウス最終日に北村さんが一度戻ってきて以来？」

石橋さんが私たちの横に十和田さんを並ばせて、写真を撮る。

「俺は、そうだね。星乃は遊びに行ってるんだよな？」

「うん。一度お邪魔させてもらったよ」

八月下旬のシェアハウス最終日に、一日だけ月斗が北海道から帰ってきた。柏木さんは前日に部屋を出ていて、初期メンバーの四人でシェアハウスのお別れ会をする。楽しくて少しだけ寂《さび》しい夜だった。その日、眠る前に、出来上がった婚約指輪を月斗が私の薬指にはめてくれたのだ。

そして翌日。私は実家へ帰り、石橋さんと十和田さんはふたり暮らしを始めた。

いまのシェアハウスには、私たちのように募集された四人の男女が、既《すで》に新しい生活を始めている。

ふいに月斗が十和田さんと石橋さんに尋《たず》ねた。

「１ＬＤＫふたり暮らし企画、うまくいってる？」

海猫ハウジングが提案した「１ＬＤＫふたり暮らし企画」。

シェアハウスで一年生活した私たち三人は、海猫ハウジングに信用され、十和田さんと石橋さんは新しい企画による住まいに一緒に住むことになったのだ。

どれだけミニマムにふたり暮らしができるか……という試《こころ》みのもとに、海猫ハウジングが建てた１ＬＤＫの部屋が並ぶマンションに住む。いかにモノを少なくして暮らすかが、企画のポイントになっているらしい。

私はふたりの部屋に遊びに行ってみたが、コンセプト通りにすっきりと綺麗に暮らしていて、快適そうだった。

「うまくいってるよね？」

十和田さんが石橋さんの顔を覗《のぞ》き込む。泣き顔はどこへやら、もうすっきりとした表情だ。

「まぁな。愛があるからな」

石橋さんがニヤリと笑うと、十和田さんがいつものように顔を真っ赤にした。相変わらずだ。

「はっ、恥ずかしいこと、堂々と言わないのっ！」

バシッと十和田さんが石橋さんの背中を叩く。すごくいい音が室内中に響き渡り、思わず私と月斗で噴き出してしまった。

「いでっ！　なんだよー、さっきまで泣いてたクセに」

手を伸ばして自分で背中をさする石橋さんがおかしくて、十和田さんも私たちと一緒に笑った。

「なんにせよ、十和田さんと石橋さんが仲よさそうでよかったよ。俺も今度遊びに行くからさ」

「もちろん、きてよ。私たちもお邪魔させてよね、北村家の新居に」

十和田さんが石橋さんを脇にのかせて言った。

「まだいまは仮の住まいだけどね。中古住宅を買ってリノベーションするか、土地から探すか……大変なんだよな、これが」

こちらへ戻ってきた月斗が住む２ＬＤＫの賃貸マンションに、私も先週から住んでいる。

「どこに買う予定なんだ？」

石橋さんは十和田さんの肩を抱きながら、月斗に問う。

「シェアハウスがある根津だよ」

「えっ」

「そうなのか」

驚いたふたりが「いいなぁ」と声を重ねた。

彼らはシェアハウスから、地下鉄で三十分ほどの場所に引っ越している。私と月斗もいまはノースヴィレッジアーキテクツのそばのマンションなので、根津とは少し離れてしまった。だからよけいに、あの場所が恋しいのかもしれない。

「シェアハウスのある根津が好きだから、そこに住みたいって私が言ったの」

「俺も根津が好きだったから、そう決めたんだ」

「ね？」と月斗と私で顔を見合わせる。

そこで、親族と写真撮影のために控室を出ることになった。十和田さんと石橋さんは挙式会場へ先に向かう。

十和田さんが幸せそうでよかった。石橋さんとなら大丈夫だ。あのふたりはきっとうまくやっていける。

挙式会場のバージンロードを父と歩き、私を待つ月斗のもとへ。

誓いの言葉を交わし、指輪の交換をする。私の希望で、指輪の交換は「エンゲージカバーセレモニー」というものにした。

エンゲージカバーセレモニーというのは、新婦の結婚指輪の上から婚約指輪を重ねづけする儀式だ。結婚指輪の永遠の愛と絆《きずな》に婚約指輪で封をする、という意味が込められている。

だから私たちの前に置かれたリングピローには三つの指輪が並んでいた。お互いの結婚指輪と月斗から贈られた婚約指輪だ。

私たちの輝かしい出発のために、この婚約指輪をどうしても結婚式に使いたかった。そんな私の提案を月斗は喜んで受け入れてくれたのだ。

私たちは結婚指輪の交換をし、そして——

いつまでも彼の隣にいられるように。何があっても、彼とともに歩んでいけるように。

願いを込めて、彼が私の薬指に婚約指輪をはめた。

そして、挙式が済んだ私たちは会場の外へ出た。紅潮している私の頬に、深まる秋の風が心地いい。

親族と友人らがフラワーシャワー用の花びらを持って、階段を下りてくる私たちを待っている。月斗のご両親も私の両親も、嬉しそうな笑みをこちらへ向けていた。

彼らのもとへ足を踏み出そうとした時、月斗が私の左手を取った。重ねづけされた指輪を見つめて、指で優しく触れる。

「しっかりフタしておいたから」

「うん、されちゃった。永遠の愛と絆《きずな》に」

顔を見合わせてクスッと笑った。

「幸せになろうな」

「私、あなたを幸せにするから、絶対に」

彼の手をしっかり握って誓う。心からの私の気持ちを込めて。

握った手を強く握り返した月斗は、空《あ》いているほうの手でメガネを外した。

「それは俺のセリフだよ。絶対に星乃を幸せにする。誓うよ」

月斗の顔が私に近づいた。

彼の肩越しから届く日の光が強くて、私は自然にまぶたを閉じる。誓いのキスよりも強く唇を押しつけてくるから驚いたけれど、素直に受け入れて、彼と愛のキスを交わした。

胸にあふれる幸せを感じながら、そっと目を開ける。

降り注《そそ》ぐ太陽よりも彼の笑顔が眩《まぶ》しくて、私は自然と顔をほころばせた。

書き下ろし番外編

願いごと

七月初旬。毎日雨が続く梅雨《つゆ》のまっただ中ではあるが、俺は星乃を誘うことにした。

「星乃、明日の休みなんだけどさ」

シャワーを浴びて髪を乾かし終えた彼女を、ベッドで迎え入れる。

「うん、なぁに？」

素直に俺の胸に飛び込んできた星乃が首をかしげた。甘い香りのする髪を撫《な》でながら続ける。

「付き合ってほしいところがあるんだけど、いい？」

「もちろんいいよ。どこに行くの？」

「たいしたところじゃないんだ。ただ、どうしても星乃と一緒に行っておきたいと思って」

「わかった。じゃあ、着いてからのお楽しみにしておくね」

微笑《ほほえ》んだ星乃に軽くキスをすると、お返しに俺の唇にもキスをしてくれる。幸せな気持ちとともに彼女を優しく抱きしめ、まぶたを閉じた。

去年の十一月に結婚式を挙げる少し前から、俺たちはノースヴィレッジアーキテクツのそばにマンションを借りて住んでいる。シェアハウスで暮らした根津周辺が忘れられず、根気よく探した結果、今年の三月、仕事の関係で築六十年の中古物件を手に入れることができた。雰囲気のある建物だったが、さすがに傷《いた》みがひどいので、大がかりなリフォームを行うことにしたのだ。

俺はすぐさま図面を作成し、各業者とやり取りを交わし、リフォームに取りかかった。今月末には入居できる予定だ。

星乃はその物件をかなり気に入っていて、たびたび施工現場の様子を見に行っている。現場の人たちと交流するのも楽しいらしい。

できる限り居心地良く住めるようにしてあげたい。星乃が喜ぶ顔を見るのが、俺の生き甲斐《がい》だから。

翌日の昼前。俺たちは電車に乗り、目的の駅で降りた。急行が停まらないが、多くの人が利用する駅だ。

天気予報通り、空は曇って、空気がまとわりつくような蒸し暑さだった。

「向こうに商店街があるのね」

星乃はこの駅で降りたのは初めてらしく、興味深げにきょろきょろしていた。彼女が着ている水色のワンピースが目に涼しげで、不快な外気の暑さを和らげてくれる。

「商店街は帰りに寄って、夕飯の惣菜でも買っていこう。俺が行きたいのはこっちなんだ」

彼女の柔らかな手を取り、商店街とは反対の道へ歩みを進めた。

大通りから路地に入り、住宅街を縫《ぬ》っていくと、ゆるい坂が現れる。道沿いに植えられた桜の木々が青葉を茂らせていた。春は見事な花が道行く人を迎えてくれる。

坂道の途中に大きな建物が現れた。建物名を見た星乃が目を丸くする。

「もしかして、月斗が通ってた大学？」

「うん、そうだよ」

「今日来たかったのは大学なのね」

「いや、違う。その先だ」

星乃の手を引き、記憶をたどりながら進んでいく。

卒業して十年近くが経とうとしているのだから当然だが、かなり様変《さまが》わりしているあたりの様子に驚いた。都会にありがちな現象とはいえ焦《あせ》る。

「定食屋がなくなってるな。その隣も……、いや建て替えしたのか？」

俺は立ち止まって、ジーンズの後ろポケットからスマホを取り出した。現在地を確認する。こちらで間違ってはいない。

「わかんなくなっちゃった？」

「こっちで合ってるんだけど、いろいろ変わっていて、ちょっと不安になった」

苦笑すると、星乃も眉を下げて笑った。……思わず抱きしめたくなるかわいさだ。

もう少しだからね、と彼女に告げ、突き当たりを右へ曲がる。少し進んで左に曲がった場所に、それはあった。

建物の姿が目に入った途端、郷愁に似た何かが胸に広がる。学生時代の自分の不甲斐《ふがい》なさ、友人たちとくだらないことを語り尽くした夜、現実と夢の間でもがいたあの頃の思い……。それらが一気に甦《よみがえ》り、懐かしさとともに入り交じったのだ。

「月斗？　どうしたの？」

「あ、ああ、ごめん。いろいろ思い出したんだ」

繋いでいた星乃の華奢《きゃしゃ》な手を、ぎゅっと握る。そして建物の前に連れて行った。

「ここが、星乃と一緒に来たかった場所。俺が大学時代に住んでたマンション」

「ひとり暮らししてたの？」

「そう。当時、築三十年のマンションだったから、そろそろ築四十年になるのか……」

感慨深く、三階建ての古いマンションを見上げる。戸数はたった六つの小さな建物だ。

外観の改修工事をしたのか、俺が住んでいた頃よりも綺麗な印象を受ける。

ふと、斜め前に建つ、大きな日本家屋に目をやった。こちらは変わりない様子だ。

「大家さんに挨拶《あいさつ》しようか。星乃も一緒にきて」

「うん」

星乃と一緒に日本家屋の門扉《もんぴ》へ立つと、ちょうど庭の畑から大家さんがやってきた。

「あら、まぁまぁ、北村くんじゃないの！」

年配の女性は頬被《ほおかむ》りを取りながら、驚きの顔を見せた。

「ごぶさたしております。急にすみません」

「いいのよ、嬉しいわ。結婚のハガキをありがとうね」

「こちらこそ結婚のお祝いをいただいたのに、お返しだけで顔を見せずに、すみません」

「そんなこと全然気にしなくていいのよ。忙しいんでしょ？　もしかしてそちらは、奥さま？」

「はい。妻の星乃です」

俺の紹介を受けた星乃は、その場ですぐにお辞儀をした。

「星乃です。初めまして」

「初めまして。町山《まちやま》と言います」

顔を上げた星乃を、大家さんがにこやかな顔で見つめている。

「素敵な奥さまねえ。良かったじゃないの、北村くん」

「ありがとうございます」

ホッとしたような、照れくさいような気持ちになり、俺は首の後ろに手をやった。素敵な俺の妻、星乃。……いい響きだ。

「マンションの中、見ていく？」

「え、いいんですか？」

思わぬ提案に、俺は目を見ひらいた。

「今ちょうど、北村くんがいた部屋が空《あ》いてるのよ。来週末には一年生が引っ越してくる予定なんだけどね。良かったらどうぞ。奥さまも一緒に」

ね？　と大家さんが星乃に優しく笑いかける。星乃も笑ってうなずいた。

「このお部屋に月斗がいたのね……」

窓を開けて空気を入れ替えていると、星乃がつぶやいた。彼女はクローゼットを開けてみたり、キッチンを覗《のぞ》いたりと、この部屋に興味津々《きょうみしんしん》だ。

「俺が住んでた時は、こっちにクローゼットがあったな。へえ、こんなふうにも使えるのか。発想が面白いな」

「このマンション、なんだか少し変わってるね」

黒板になった壁を背に、星乃が言う。

「実はここ、住む人間が好きなようにしていいんだ」

「どういうこと？」

南向きの窓は日当たりが良く、薄曇りの今日も部屋の奥まで日の光が届いている。

このタイミングで、今日星乃を連れてきた意味を話すことにした。

「俺、大学に入った頃は、北村建設社を継ぐことに納得がいってなかったんだ。自由が欲しくて、わざわざ家を出た。実家から大学までは余裕で通える距離だったのにね」

俺は窓近くの壁に寄りかかり、嘆息する。

「それなら学費以外の金はバイト代でまかなえって父親に言われてさ。それでいいって言ったんだけど、どんどん生活が苦しくなって、やっぱり実家に帰らないとヤバいかって時に、友達からこの物件の情報を得たんだ。駅近でボロいけど家賃が破格で、そのうえ好きなように改造していいって」

「じゃあ、このお部屋のインテリアは、前に借りていた人が作ったのね」

俺の隣に来た星乃が驚きの声を上げた。

「そうなんだよ。さっきの大家さんが面白い人でさ。事故さえ起こさなければいい、その代わり、出来上がった部屋を見せてくれって。俺、そんな物件が存在することを初めて知って、すごくワクワクしたんだ。今で言う、カスタマイズ物件ってやつだね」

あの時の衝撃は、今も鮮明に覚えている。

自由が欲しくて家を出た俺が、苦しい時に出会った自由にしていい空間。

なんという素晴らしい巡り合わせなんだと、感動すら覚えた。

「すぐに賃貸契約したんだけど、残った金が全然ないから、本当に少しずつ部屋を変えていったんだ。使える物はなんでも使って、リサイクルショップとかホームセンターもよく通ったなぁ。部屋が出来上がる頃にはリノベーションに夢中になってた。だからここが、俺の原点」

「いい大家さんなのね」

「ああ。今もね」

話を聞き終えた星乃は、しばらくの無言の後、心配そうに尋《たず》ねた。

「もしかして月斗……何か、あった？」

彼女は鋭い。俺の言葉に込められた感情を読み取ったのだろう。

俺は姿勢を変えて星乃の正面に立った。そして彼女の両手を取る。

「星乃と一緒に来て、初心に戻りたかった。マンションを見たら帰るつもりだったんだけどね。部屋に入れてもらえたのは思わぬ収穫だったよ」

「月斗……？」

「俺、来年の春から北村建設社、一本でいくことにした。二年以内にはと思ってたけど、いい加減、腹決めないとって思って」

俺の決意を聞いた星乃の瞳が、一瞬揺らいだ。

「そうだったの。お義父《とう》さんはなんて？」

「やっとだな、ってさ。自由にさせてもらうのは数年間っていう約束で、少しオーバーしてたから」

俺をまっすぐ見つめる星乃から、目をそらさずに続ける。

「やるからには死ぬ気でやりたい。俺の実力がなければ血の繋がりなんか関係なく、優秀な人に北村建設社を継がせることになる。でも、やるなら俺が継いで、この先も北村建設社を不動のものにしたいんだ。ここに来て、星乃の隣で、その決心が固まったよ」

星乃が小さく「うん」とうなずいた。

「なるべく心配かけないようにするつもりだけど、今の時代、何が起きるかわからない。それでも俺についてきてくれる？」

言い終わる前に、彼女は俺の手を強く握り返してきた。

「私は月斗を幸せにするんだから、当然だよ。何があっても離れない。ずっとずっと、ついていくって決めたの。だから安心して。思いきりお仕事して」

星乃ならきっと、こう答えてくれるだろうと信じていた。わかっていても、力強い言葉を渡された俺の心は、嬉しさに震えている。

「ありがとう」

「ううん」

「愛してる、星乃」

彼女の手を引き、腕の中にそっとその体を収めた。

「俺の最高の妻だよ。ありがとう」

「う、うん……」

星乃は俺の腕の中で身を固くした。照れ屋で恥ずかしがりの彼女の気持ちが、手に取るように伝わってくる。……少し、意地悪がしたくなった。

「星乃は？　俺のこと愛してる？」

「それはその……、そうだけども……」

「なんで口ごもるんだよ」

不服そうにせっつくと、星乃は体をもじもじさせて、小声で訴え始めた。

「だってあの、窓開いてるし」

「別に、キスしたり、いかがわしいことしてるわけじゃないんだから、いいじゃん」

外で鳴き始めた蝉《せみ》の声が、室内へダイレクトに入ってくる。ということは、俺たちの声が外に聞こえている可能性もあるわけで。彼女はそれを気にしているのだ。

「俺のこと愛してないのか、そうか……」

わざとため息を吐いてうつむくと、星乃は慌てて背伸びをした。

「わかったから、ちょっと……、耳貸して」

俺が期待した通りの困った声だ。

「月斗、愛してる……」

吐息とともに、彼女の優しい声が耳をくすぐった。もっと聞きたくて駄々《だだ》をこねる。

「聞こえない」

「あ、愛してるってば……！　月斗のこと、愛してる……！」

あたふたする星乃が可愛くて、俺は笑いながら彼女の体を思いきり抱きしめた。

「うん、わかった。満足した」

「も、もう〜〜！」

「家に帰ったら、もっと言ってね？」

「……うん」

星乃の顔は真っ赤だ。

俺はその頬に軽くキスをして、決意を胸に、彼女とともにマンションを後にした。

「お、まだあった……！」

帰り際、商店街に入る少し手前で俺は足を止めた。

大きな看板を掲《かか》げる古ぼけた店は、当時のままに営業している。

「懐かしいなぁ。よく通ったラーメン屋なんだよ」

麺《めん》を茹《ゆ》でる蒸気やスープの香りが、店から漏れ出ている。昼のピークは過ぎているらしく、席はいくつか空《あ》いていた。条件反射なのか腹がぐうっと鳴り、自分が空腹でいることに今気づいた。

「食べたいな……」

星乃がつぶやいた。

「ラーメンでいいの？　俺がマンションに付き合わせたから、昼は星乃が食べたい店にしようと思ってたんだけど……」

「月斗が食べてた味を知りたいな、って」

俺を見上げた星乃が、優しく微笑《ほほえ》む。

「大学生の月斗には会えないけど、月斗の気持ちを味わえるなら食べたいの」

……なんというかわいい妻だろうか。

今夜はもう絶対に彼女を抱きたい。こんな顔をされて、こんなにもかわいいセリフを聞かされて、我慢できる男がいるだろうか？　いやいない。

「それに、本当にラーメン食べたくなったの。いい匂いを嗅いだらお腹が鳴っちゃって」

「よし、じゃあ行こう。久しぶりに俺も食いたくなった」

抱きしめたくなる手を握りしめて平静を装《よそお》いつつ、笑顔で答える。

「月斗のオススメ教えてね」

「オッケー」

彼女を連れて店に入ると、俺に気づいた店長に「いらっしゃい！　久しぶり！」と声をかけられた。俺を覚えていてくれたことに驚き、妻を連れていることに店長が驚いていた。店内はカウンター席が十ほどと、テーブル席が四つあり、店内も変わっていない。

俺がよく食べていた「中華そば」がテーブルに運ばれる。結婚祝いだよ、とサービスで味付玉子を入れてくれた。なるとの載ったラーメンを見るのは何年ぶりだろうか。

「おいしい……！」

レンゲでスープを飲んだ星乃は、目を輝かせた。

「シンプルで旨《うま》いよな」

「なんかね、小さい頃に近所のお店で食べた味がする」

「それ、すごいわかる」

ちぢれ麺《めん》をすすって、手作りチャーシューを頬張る。懐かしい味を堪能《たんのう》すると同時に、時間の経過を感じさせられた。

あの頃は友人たちと訪れた店に、今は妻と来ているのか……と。

「月斗が食べてた時と変わらない味？」

「全然変わらない。あの頃と同じに旨《うま》いよ」

俺の返事を聞いた星乃は、満足そうに笑った。


また来るからと店長に挨拶《あいさつ》をして店を出る。商店街に入った途端、星乃が声を上げた。

「見て、月斗。すごく綺麗」

彼女が指をさしていたのは商店街の七夕《たなばた》飾りだ。色とりどりの短冊《たんざく》をまとった笹竹が、店の前で揺れている。

「そういえば、今日は七夕《たなばた》だったな」

ふと見ると、長机の上に短冊《たんざく》とペンが置かれているコーナーがある。周りには親子連れやカップル、学生たちがいた。

「俺たちも願いごと書いていこうか？」

「そうね、書きたい」

星乃は黄色い短冊《たんざく》を、俺は赤の短冊《たんざく》を選んだ。

「なんて書くの？」

「恥ずかしいから、笹に飾る時に見て」

俺の問いに星乃はうつむき、そそくさとペンで書き始める。

そして近くの笹に飾り、互いの短冊《たんざく》を読んだ。

――ずっとこの幸せが続きますように　星乃
――この幸せを、ずっと守っていけますように　月斗

思わず顔を見合わせて笑った。

言葉は少し違うが、意味は似ていたからだ。

考え方も、経験も、好きなものも似ている俺たち。出会った時から何度こんなことがあったのか、もう数え切れないほどだ。

手を繋いで商店街を歩いていく。

「今月中には根津の家に住めると思うよ。少しずつ引っ越しの準備しような」

「うん、すごく楽しみ」

星乃は笑って、そういえば、と話を続けた。

「谷根千も、夏にお祭りがたくさんあるみたいなの。一緒に浴衣《ゆかた》着て行かない？」

「いいね、行こうよ」

「十和田さんと石橋さんも誘っちゃおうか」

「ああ、そうしよう。……でも」

言いよどんだ俺に向けて、星乃が「ん？」と首をかしげた。彼女と視線を合わせる。

「浴衣《ゆかた》を着た星乃と、ふたりだけのデートもしたい」

目で訴えると、星乃の顔がみるみる赤くなった。

「ダメ？」

「……ううん。ダメじゃないけど、ちょっと照れた」

手を繋いでいる俺の腕に、星乃が体を寄せる。彼女の体温が直《じか》に伝わり、俺の体も熱を持った。

商店街を抜けると、曇り空の切れ間から、ところどころ青空が覗《のぞ》いている。

「あ、晴れてきた。良かったね、織り姫と彦星」

「そうだな……」

嬉しそうに笑う星乃の手を離し、彼女の肩を優しく抱いた。

再び空を見上げて思う。

今夜は俺たちのように寄り添う、星と月が見えそうだ、と。

恋愛小説「エタニティブックス」の人気作を漫画化！

Eternity COMICS

原作 葉嶋ナノハ
漫画 青井キリセ

婚約破棄から始まるふたりの恋愛事情

「好きな人ができたんだ。だから結婚をやめたい」婚約破棄されてから数ヶ月後、星乃《ほしの》は同じ境遇の北村《きたむら》と出会う。お互いの傷を知ったふたりは、一夜限り…と、慰めあって別れたけれど、なんと、ひと月半後に再会！　北村は、星乃が応募したシェアハウスの運営関係者だった。しかも彼は、自分も一緒に住むと言い出し、始まった同居生活は甘々で…!?

B6判　定価：本体640円＋税　ISBN 978-4-434-27874-7

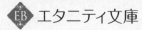

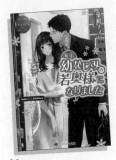

ある日突然、祖母の遺言により許嫁ができた一《かず》葉《は》。しかもその許嫁というのは、苦手な鬼上司・克《かつみ》だった! 一葉は断ろうとするも言いくるめられ、なぜか克の家で泊まり込みの花嫁修業をすることになってしまう。ところが、いざ同居生活が始まると、会社ではいつも厳しい克の態度が豹変! ひたすら甘〜く迫ってきて——!?

B6判 定価:本体640円+税 ISBN 978-4-434-25438-3

大人のための恋愛小説～ EB エタニティ文庫

Yuka & Hayato

赤

暴走アプローチは禁止!!
愛され上手は程遠い!?

雪兎ざっく 装丁イラスト／ひむか透留

学生時代の苦い経験から、男性が苦手な夕夏はある日、誰もが見惚れる美形男性と知り合う。『こんな素敵な人が、自分の人生に関わることはない』と確信したら、安心して楽しく話せたのだけど……その後なぜか彼から熱烈アプローチ!? 気づけば彼のペースで翻弄されて——？

定価：本体640円+税

Aiko & Minato

赤

天才ハッカーに迫られて!?
辣腕上司の甘やかな恋罠

綾瀬麻結 装丁イラスト／ひのき

IT 企業で秘書をしている 32 歳の藍子は、秘書室内では行き遅れのお局状態。それでも、自分は仕事に生きると決め、おおむね平穏な日々を過ごしていた。そんな藍子はある日、若き天才プログラマー・黒瀬の専属秘書に抜擢された。その彼が、何故か藍子に執着し始めて——!?

定価：本体640円+税

※エタニティブックスは大人の女性のための恋愛小説レーベルです。ロゴマークの色で性描写の有無を判断することができます（赤・一定以上の性描写あり、ロゼ・性描写あり、白・性描写なし）。

詳しくは公式サイトにてご確認下さい

ps://eternity.alphapolis.co.jp

携帯サイトはこちらから！

本書は、2018年8月当社より単行本として刊行されたものに、書き下ろしを加えて文庫化したものです。


この作品に対する皆様のご意見・ご感想をお待ちしております。

おハガキ・お手紙は以下の宛先にお送りください。

【宛先】

〒150-6008 東京都渋谷区恵比寿4-20-3 恵比寿ガーデンプレイスタワー8F
（株）アルファポリス　書籍感想係

メールフォームでのご意見・ご感想は右のＱＲコードから、
あるいは以下のワードで検索をかけてください。

アルファポリス　書籍の感想　検索

ご感想はこちらから

エタニティ文庫

婚約《こんやく》破棄《はき》から始《はじ》まるふたりの恋愛《れんあい》事情《じじょう》

葉嶋《はしま》ナノハ

2020年10月15日初版発行

文庫編集－熊澤菜々子・塙綾子
発行者－梶本雄介
発行所－株式会社アルファポリス
〒150-6008 東京都渋谷区恵比寿4-20-3 恵比寿ガーデンプレイスタワー8F
TEL 03-6277-1601（営業）　03-6277-1602（編集）
URL https://www.alphapolis.co.jp/
発売元－株式会社星雲社（共同出版社・流通責任出版社）
〒112-0005 東京都文京区水道1-3-30
TEL 03-3868-3275
装丁イラスト－逆月酒乱
装丁デザイン－ansyyqdesign
印刷－中央精版印刷株式会社

価格はカバーに表示されてあります。

落丁乱丁の場合はアルファポリスまでご連絡ください。

送料は小社負担でお取り替えします。


ISBN978-4-434-27978-2 C0193